赵培光

著

倚马听风

赵培光序跋文萃

时代文艺出版社
SHIDAI WENYI CHUBANSHE

图书在版编目（CIP）数据

倚马听风：赵培光序跋文萃 / 赵培光著. -- 长春：
时代文艺出版社，2024.6
ISBN 978-7-5387-7307-1

Ⅰ.①倚… Ⅱ.①赵… Ⅲ.①序跋—作品集—中国—
当代 Ⅳ.①I267

中国国家版本馆CIP数据核字(2023)第218811号

倚马听风——赵培光序跋文萃
YIMA TINGFENG——ZHAO PEIGUANG XUBAWENCUI

赵培光　著

出 品 人：吴　刚
责任编辑：刘　兮
装帧设计：青空工作室
排版制作：陈　阳

出版发行：时代文艺出版社
地　　址：长春市福祉大路5788号　龙腾国际大厦A座15层（130118）
电　　话：0431-81629751（总编办）　0431-81629758（发行部）
官方微博：weibo.com/tlapress
开　　本：720mm×1000mm　1/18
印　　张：13
字　　数：139千字
印　　刷：吉林省吉广国际广告股份有限公司
版　　次：2024年6月第1版
印　　次：2024年6月第1次印刷
书　　号：ISBN 978-7-5387-7307-1
定　　价：45.00元

图书如有印装错误　请与印厂联系调换　（电话：0431-85256838）

如此而已

序文与跋文，养育着我。开卷时，如果不见序跋，就多少有些涣散。是我投机取巧惯了，总企图在序跋里寻出个方便。

所以，好运来，跃跃欲上手。顺水推舟，没什么风险。

为他人作序跋，我向来比较恭谨。即使文字幻化为天花，也不肯乱坠。轮到给自己作序，近似耍把戏，或此或彼，或彼或此，痛快一篇是一篇。至于书相书品，云说雾说终究云与雾。聪明人比我聪明，伶俐人比我伶俐。喝咖啡，非同于喝咖啡伴侣；喝啤酒，非同于喝啤酒沫子。

序在前迎候，跋在后守候，序跋间方显本色。

人选人，实则自己选自己。

我不以为我是谁。

且序，且跋，任凭我眉飞色舞，也不可能信马由缰。其人其作，在明处，我必须老老实实道出些相关信息与觉悟，了却文章事。如此这般的识见，倘若被视为灯火，抑或扶手，兴许会增进我的幸福感。幸福大概念，具体到序跋里的我，无非私下里捕捉、挖掘、提炼及唤醒，只有不辜负。

　　不用心，过不去。

　　那么明亮的位置让给我，所谓山高所谓水远是吧？除却情义，什么都轻飘飘了。

　　大师的名序与名跋，光彩无限。个中的禅理机趣，令追随者玩味。小时候，我特别喜欢看人家走路，知道"邯郸学步"的典故后，自动放弃了。谨此，几十年的我，始终是自己的姿态，得意也不忘形，失意也不透顶。若非序与跋，何必说得失？

　　如此而已。序跋消解着我，并且销蚀着我。禁不住气馁，尤其是近些年，序跋渐频而我渐衰。责编嘱咐把每一篇注明时间，我遵命却难以从命。这些文字贯穿了我的写作生涯，恍然四十余载。疏于整理的我，能将散落的碎念捡拾回来已属不易，时间的刻度无处觅寻！旧年旧月空旷，几乎一片空茫了。岁月悠悠，更老的时候，请允许我再序再跋啊！

　　打住。

目　录

把散文写好

关于《吉林文笔·散文卷》

什么样的散文，最散文呢？哪一篇散文，最散文呢？别费思量了，没有的！

吉林散文，立足本土，放眼全国，乃至全球。尤其是新世纪以来，茂叶繁花，芳香四溢。省作协审时度势，举出《吉林文笔·散文卷》，可谓顺水推舟，应了作家，也应了读者……始于当下，功在千秋。

是检阅，是梳理，更是回顾；是激发，是抚慰，更是寄望。我们现在有理由说，吉林散文，貌似一盘散沙，实为一盘散珠。岁月里，相映生辉，相照成趣。对，没有最好，只有更好。把散文写得更好，是作家的理想。

好散文都在历史里，都在文化里，历史与文化给了散文无尽的宝藏与无限的空间。中外散文各个时代的名篇佳作，星光灿烂，须仰视才行。大有大的格局，小有小的脉络；大有大的情怀，小有小的韵致。好，当然好，却无法断定最好。我们读到的好散文，社稷变迁，人事变幻，苦与悟，痛与爱，一一地去了，期待中的便是那更好的散文。

何况："取法乎上，仅得其中；取法乎中，仅得其下。"

跟着灵魂走。灵魂的山水，远远美妙于自然的山水。

吉林省，说大不大，说小不小，散文作家和作者，或昂奋，或沉迷，或起起伏伏，心中却几乎教徒一般在探求，在摸索，细细地寻找与发现，那些被称作经典的好散文究竟在哪里？自己的笔下，风雨雷电抑或风花雪月，衍生着怎样一种散文的力道、力持和力戒？没错，古今多少事，都付笑谈中！

读者要品味的是咖啡，绝非咖啡伴侣。换言之，读者要品味的是啤酒，绝非啤酒沫子。

文无第一。孔子、老子、庄子、司马迁、诸葛亮、唐宋八大家、袁宗道、袁宏道、鲁迅、周作人、巴金、冰心……蒙田、布丰、卢梭、培根、兰姆、斯蒂文森、茨威格、尼采、安徒生、蒲宁、普里什文、邦达列夫、夏目漱石、德富芦花、东山魁夷、泰戈尔、纪伯伦、梭罗……都把散文写到了高峰，凭文识人，凭人识文，他们不愧为散文的灯塔。

此一时，彼一时。

永久有多久？

好小说可以讲给人家听，好诗歌可以背给人家听，好散文却无能为力。依我之见，好散文必须默无声息独自读，独自才销魂。但凡被讲出来或背出来的散文，都不好。至少，不够好！

把散文写好，幸亏是我们的态度，也是我们的方向。有的深一些，有的浅一些，有的远一些，有的近一些，没什么所谓。通往情天义海、禅理机趣的散文之路，深深浅浅，远远近近，执着的是白山松水虔诚的兄弟与姐妹。

只有……把散文写好，写得更好。

总而言之

关于《问脉山水——生态吉林散文选》

编罢一本书，意犹未尽，落入"总而言之"的俗套！

枝枝蔓蔓受限了，还是想要说说。

……什么呢？

吉林好，好吉林，生态积极争胜。省作协审时度势，寄托集锦式的闪回与重现——风貌、风情、风华，任务落到散文作家的肩上。在在历历，既是作家的幸运，又是散文的幸运，何乐而不为呢？当然，不简单，不轻省，深深浅浅深与浅，远远近近远与近。给一个支点，撬动吉林。吉林，占一个吉字，绵延福祉。昨天，今天，明天，"飘飘"纵使"何所似"，"天地"未必"一沙鸥"。

随岁月去吧！

现成话叫："我问青山何日老，青山问我几时闲。"

目前的吉林散文阵仗，思接生态，怀抱憧憬，有鹰击鱼翔的进境。实际上，每个人的"眼光"截取着每个人的"生态"，以对应的方式外化为恰到好处的模式，也不过是快活的片刻的一己表达，或此或彼，蜻蜓殷勤点水。实化之界的美，虚化之境的好，文字往往是徒耐其烦的。形而上的美与好，只能剩在灵魂里了。

极妙处，不可语。

所幸，写作中的另一个角色，用心了，用力了，变思想者为文字控。从自己出发，勾描出一张张亲爱的吉林面孔。琢磨下来，无论个体的生态，无论整体的生态，生生得益于"体"，亦名，亦动，滋养着无限期盼，很入骨的那种情愫了，很入髓的那种意味了。何为生态呢？生存的环境、系统，及方向。许许多多的人，包括我在内，毕竟处于初恋的蒙昧期，浪漫而温馨。在这里，我也不揣冒昧，替吉林散文拼接一联，便是：昔我往矣乾坤大，今我来思草木心。

不是吗？匆忙赶场的生态散文，虚张声势，本身已经被动了。何止客观偏颇，连主观也偏狭，下意识地陷入游记。噫吁嚱，游记知山水，缱绻风光缱绻情。古代、近代、现代，一时多少经典！可惜，可惜当代不行，不太行。尤其是当下，一机在手，满眼春秋，游记败给了流水账。本书试图戒免，依旧止不住暗影浮动。新范式，新美学；有志者，事竟成。

生态之上，立散文新功！

人，要么生活在别处，要么生活在脚下，没所谓，但求诗意地栖居。生态的消长，关乎着每一个生命。山野、水域、动植、冰雪……被艺术无止境地请进一本书里，发扬光大，或由此及彼，或由彼及此，为忆念，为梦想。对，散文大树好乘凉，风吹一片叶子，遂有一片回响。一片一片叶子，一片一片回响。问脉吉林，问脉生态，问脉吉林生态，问脉生态吉林。

与其说见仁见智写不好，毋宁说见人见性不好写。偏偏喜欢写，不服输，不辜负。懂了，爱了，异想天开了，云蒸霞蔚了。有道是，文如其人，人如其文。兴许，很多年以后，还见一颗初心，字里行间依旧是至情至义……

总而言之，显然要收口了。收也收不住，关机！

是为跋。

何以散文诗

关于《吉林散文诗选》

许多时候，人是需要光的。或朗丽，或清幽，一如天上的太阳、水中的月亮。由着性子来，则成全散文诗了。

不，不不。散文诗气象万万千，风雨雷电、草木蚁蝶、禅理机趣、大爱小情，极尽欢喜悲忧了。与其说我以及我们选择了散文诗，毋宁说散文诗选择了我以及我们。艺术形而上，可言亦不可言，不可言亦可言。或此或彼，滋养着非虚构的生命，比奇绝还要奇绝呢！

二十世纪八十年代中期，我迷恋散文诗。守候《飞鸟集》《流浪者》《瞬间》《林中水滴》《自然与人生》等一系列书籍，学习泰戈尔、纪伯伦、邦达列夫、普里什文、德富芦花。得寸何止进尺？便也一章一章地写，缱绻悠悠，汇聚一本《不息的内流河》。回过头来细数，那些美好的片段与片刻所剩无几。不过，我仍然愿意飨同道以诸如此类的句子："或许石子永远不会粲然开放了，怕只怕日后的遗憾被相思浸透。"

散文靠散文的优势，诗靠诗的优势。

散文诗靠散文诗的本事。

新时期文学以降，诗兴风作浪，散文劈波斩浪，小说后浪推前浪。哦，散文诗涌来涌去，不见浪。道中人自言自语：低调的奢华。不奢华吗？尽可以字字珠玑，尽可以句句经典，尽可以收敛于散文而放纵于诗。惯常的二三百字，抑或五七百字，透射出一个人的发现与觉悟，不啻是"醉里乾坤大，壶中日月长"吧？

散文诗的内涵外延，适度最为重要。穷养不从容，富养容易松懈，半穷半富很可能拧巴。毋庸置疑，一章散文诗，成败不在山水，在乎字词句段也。

不追溯陶渊明了，不追溯柳宗元了，单说李叔同 1915 年为约翰·庞德·奥德威作曲的《梦见家和母亲》填词的《送别》，苍茫，沉郁，薄凉，颇通散文诗的气息，及气度。所以，我认定它属于别一种表达式，导引着近代、现代及当代散文诗的方向。样品终究样品，当下的散文诗各寻各的入口和出口，我更期望《吉林散文诗选》一个又一个"洞天"。也是没有太多的束缚，我身边醉心于这种文体的男人女人，多婉约，多婉约中的潇洒，多潇洒中的飘逸，多飘逸中的恣肆汪洋。且慢，受伤害的当口，也断骨头、断骨气似的溃不成体统。

如何是好？

缤纷世界里，多少好事令痴情者垂涎，吉林散文诗人孜孜矻矻，并且佳作迭现。老一辈、中一辈、青一辈，虚实来去，来去虚实，满眼锦绣河山。我呢，尤其喜欢静静地清赏河上行驶的船、山上缭绕的雾。远近高低散文诗，熠熠闪闪，闪熠着神乎其神的光芒，照耀我。

疏离散文诗群久矣，尽管我依然血运旺盛。我安慰自己说：人越孤独，绽放的花朵越灿烂。没料想，孤独怂恿了我的同时也零落了我。幸好，初心尚在，意犹未尽。问天空便习惯捕捉云，问森林便习惯捕捉树，下意识地抵触浮光掠影的随手拍。

既然无达诂，何以散文诗。

有灵魂的事物，事与物，沉潜着道义。散文诗当仁不让，进而率先垂范。"每个人心中都有一束火焰，只要激起来，就能点燃生命的热情。"本书存留的这些文字，能不能深入人心，看造化了。倘若经得起时光浮沉，继作品转为名品，功莫大焉！

且为序。

王云鹏的油画主义

关于《王云鹏：中国当代油画艺术名家》

跟云鹏做同事，将近三十春秋。漫漫岁月里，他好像只做了一件事——作画，我好像也只做了一件事——作文。文画虽为兄弟，我却没法与他相提并论。他卖画完全可以置房置地，我卖文无外乎添些油盐酱醋。惭愧！

不过，从云鹏到油画，我的心底确实私存了许多感想，相见的时候则另当别论。直到如今，碰了面，多半是戏言，未曾探讨过油画。呵呵，跟云鹏谈油画，尤其谈云鹏的油画，那我不是在"大巫"面前冒充"小巫"吗？

何况"小巫"也冒充不了，冒傻气而已。

喜欢云鹏的油画，却由此及彼，一幅又一幅。这回，云鹏将自己的得意之作汇成一集，曰《王云鹏：中国当代油画艺术名家》，再度兴奋了我。知天命的人，还会为朋友的油画所兴奋，实乃偏得。却原来，里应外合，是云鹏潜入了我的记忆又迭出了我的记忆，让我喜不自胜，又欲说还休，深怕误读了大师。

对，我经常叫他大师。我知道，这里面的感情成分居多。可是，当我再三再四地欣赏了云鹏的《山路》《山雨》《花蜻蜓飞走了》《秋日印象》《留不住春天的风》《毕加索的鸽子》《香月嫂子》《红盖头》以及《关东大姑娘·大身板》《关东大姑娘·大月亮》之后，我便情愿叫他大师了，算是舞文弄墨之人的一种由衷期望吧。我当然承认，大师至少应该具备三个条件，即雅俗共赏、承前启后和立一家之说。好在云鹏不断地朝着这些方面努力，并且渐有长进，只是他不肯自吹自擂罢了。

云鹏的油画摆在眼前，什么人都不会无动于衷。譬如那幅《关东大姑娘·大身板》在北京中国美术馆展出，一下子点亮了众多来宾的目光，更有人喜出望外，欣欣然，执意要亲手摸摸，逗起周围人的一片笑声。我呢？有机会见证他一幅一幅油画的诞生，却没机会领略他一个一个模特的真貌。想请他做个介绍人结识二三，他总是嘻哈而过，年复一年，白费了我贪婪的眼瘾。

所谓云鹏——"天边云起，地上鹏飞"。

便是对画家云鹏的超低空解读！

云鹏的油画，走的是现实主义路线，亦即源于生活、高于生活。无须避讳，这是艺术创作的老套子，往往费力而不讨好。所幸，他的现实主义注入了浪漫主义，久而久之，形成了独家的云鹏式的油画主义，既"入世"又"超世"。凡·高曾对弟弟说，没有什么是不朽的，包括艺术本身，唯一不朽的，是艺术所传递出来的对人和世界的理解。云鹏成长在乡村，成名在部队，因而他的选材、手法、立意与取向，完全是纯净的诗意和诗意的纯净，透视着生活的小美与艺术的大美。美，或许是云鹏创作的最低纲领，又何尝不是最高纲领？想打开云鹏及其油画，美是一把钥匙。尽管他的作品被境内外的诸多收藏家一一收藏，而钥匙始终存放在自己的心里。小美是入口，大美是出口，始始终终。

有入口和出口的画家是幸运的，如云鹏。

相对而言，我比较喜欢西方油画。近看一片疙瘩，适当退后，立即万千气象。当然，苏联的油画作品，对新中国成立后的中国油画家的影响也是显而易见的，直至形成了更加东方的"油画语言"，刘春华的《毛主席去安源》和罗中立的《父亲》是这一类代表作。而靳尚谊的精深和张晓刚的诡异，也倾力为中国油画扩展了领域。我无意拿云鹏的作品硬往这些顶尖级人物身边靠，靠也靠不近的。我只是以为，云鹏的作品之所以被圈里圈外的许多人喜爱，不是在于探索，而是在于守望。尤其是中国东北油画的乡土气息和人物形象，分明是一种守望式的文化认知和实践。从这个意义上讲，云鹏的执着与进境，最核心也最根本的成因是传统文化，而非现代艺术。

这些年来，云鹏弄墨"弄"出了名堂，而且是大名堂。油画艺术节甚或当今艺术市场，多少行家和买家都在关注他、捕捉他。而同事和友人面前的云鹏，依旧是经常性的笑脸。云鹏的笑脸，比语言更殷勤。只要遇到对心思的，一律先哈腰，再点头，进而笑容可掬。在这温柔的背后，却深藏着一个艺术家的坚定与冷静。有道是"富有常常温柔"。那么，云鹏的温柔，想必来自人生和艺术的富有？

与性情有关

关于《天边的虹》

如果用两个字给一个人定义，我以为最接近建边本色的是性情。

最初认识建边，是在东北师范大学 1 舍的 230 房间。我们是新生，此后要在一起学习四年，或许因为刚从父母的屋檐下走出，内心的脆弱与孤独，使得大家很快成了朋友。

建边有着典型的南方人相貌，语声和笑声也是曲溪流水，柔而清凉。其实，他祖籍山东，生长在山峦起伏的通化五道江煤矿。都说一方水土养一方人，建边恐怕是个例外。

那时中文系的学子，差不多个个要当作家。性急的，便上连下缀地成立诗社，举办朗诵会，四处投递半生不熟的作品，好一番欣欣向荣的景象。我和建边表面是一片平静的湖，心中也是一个翻腾的海。我写诗歌，他写小说，时不时地看看对方的文字，挺较劲的。后来，中文系的某一期墙报《新绿》刊载了他的一个短篇小说，引起了不小的"风波"，原来是他把女主人公的乳房写成了小馒头，时值二十世纪八十年代初期，如此用笔实在是挺出格的！

此后，建边的名气大增，这种名气更多的是在男生之间、女生之间，抑或是比较亲爱的男女生之间私下里传扬。他才不管那些呢，他只拼命地写小说，还拼命地写情书。这之后，无论是杨柳依依、长亭短亭，还是山花烂漫、风香日暖，寝友们近水楼台亦未得月（阅），只能从他一脸迷醉中沾一丝幸福了。

离开东北师大，建边不折不扣地教书育人去了。后来，一茬一茬的弟子在他改行做电视后成了他的朋友，我真的很想知道，某一天他又改行做了什么，那些一茬一茬的观众会不会也成为他的朋友？跟建边在一起，是那种自由、清洁、愉快和澄明的享受。他讲故事，或者唱歌，或者打牌聚餐，都让人接近生活的本质。如果与他无缘相识，就来读读他的这些文字吧，想他给予你的，除了真情，除了实意，就是真情实意后的那种自由、清洁、愉快和澄明……

在我们圈儿里，建边是公认的好人，其实，好人是谁呢？浪漫地想下去，好人就是建边这样非常性情的人吧？他想爱就爱，想恨就恨，爱爱恨恨，完全由着自己去面对世界，面对生活。而现实中能够像建边这样性情，就是接近幸福的天堂了。不是吗？

小说杨逸

关于《云游于市》

杨逸是个小说家。艺术天地，虚着去，虚着来，别一种意趣了。偶尔弄散文，以实为实，入情入理。许多个"偶尔"，累加成《云游于市》。难得俗中取雅，难得凡中求圣。雅与圣，人生好境吧？或此或彼，毕竟是安顿自己，由着文字来去。

以小说之名，行散文之实，杨逸基本上即兴发挥。一次散文笔会，唯她陌生。朋友声情并茂推介，她轻笑轻点头，算是与我结识了。不久，杨逸传来作品，恳请我指教。我时任《吉林日报·东北风》主编，习惯用版面说话。她见着样报，热情近乎高涨，散文持续出手，险些淹没了小说。顺藤摸瓜，原来小说是她的主业，散文是她的副业，连名利双收的煮字好时光也被她送走了。杨逸啊，至于吗？可惜一面之交，替她追悔滞留在口中。

悔什么悔？她在追逐她的梦！

东边日出西边雨，散文易写不易工，至尊的散文寥若晨星。白话文以降，经得起推敲的篇什凤毛麟角。寻常人尽力而为，无非接近好或者刚刚好。同样在路上，杨逸试图印下自己的足履而已，不松懈亦不敷衍。从小到大，到今天，读读写写成全了她的渴念与抚慰。这么个杨逸，看似柔弱，实则坚韧；看似迷蒙，实则痴缠。倒也有些个样板，杨逸不拘泥。银汉迢迢，红尘攘攘，最是世道人心。顺势与逆势，赖以审势，她就那么写下去，越写越像她自己，字里行间氤氲着异乎其类的气息。终归是，山谷中的溪流，潺湲、明澈，草木际遇草木心。

进一步说，极简主义的节制和极奢主义的铺张构不成杨逸散文的理念与践行。是的，岁月过眼，留在心头的是念，是想，是念想。念想深深浅浅，浓浓淡淡，灵光一现托付给文字，且清冽，且清寂，且清雅，透射着清醒。短及千八百字，长至万八千字，几多杨逸几多梦。空白处，自然妙不可言了。

杨逸话少，声音低，场面上多以笑容应和，宛如南风薰兮。如果要以文取人，抑或以人取文，不妨进入她的《沙漠里》，及至《初夏》与《绕行》。实质上呢？左一个杨逸，右一个杨逸，埋伏在深邃的意境中。称其散文为美文，冤枉了，尽管 2020 年 6 期的《美文》杂志显著地刊载着她的《雪会落下来》。散文这张脸是真情，在"美文遍天下"的泛漫时代，真情闪熠着奇异的光芒，熠熠复闪闪！

散文尽可以散，尽可以文，却不可以无依据。值得傲骄的是，杨逸陆续发表在家乡报纸上的那三十篇"旧影故事"，与其说是散文为她预留的小片荒，毋宁说是她为散文开垦的新田地。一帧帧民国老照片，点染着她的文学之情、史学之识、哲学之思，从而复活了"逝者如斯夫"的片段，及片刻。譬如《东大滩：曾是木材集散地的那个年代》《八十五年前：捕鱼松花江上》《遥远温馨的记忆：乡村碾盘》《民国时期的一幅结婚照》，等等。这种独出心裁的范式，撞了许多散文作家、作者的腰。写小说的杨逸，兴之所至，打下一片江山，走人了。

水月镜花，散文再怎么散，也不比小说。小说呢？抓住一些人物，抓住一些故事，要什么，来什么，反复折腾就是戏。写散文呢？就必须收敛。知、识、情、趣，容不得半点儿虚伪。弄不好，则露怯了，想回也回不来。杨逸读过多少书，无数；杨逸走过多少路，无数。无数始于有数时，从构思一刻起，她便要求自己尽可能地料理好字词句段。杨逸的表达好，其实是她的调性好，格调与性情。那种不混沌的格调，那种不暧昧的性情，细节上的探求与突破，流光飞霞，接近心灵的美妙了。

茫茫散文中，散文茫茫中，如何是好？

与杨逸见面次数少，满屋子宾朋，风花雪月，酒色财气，我们几乎没有沟通的机会。隐约地感觉，杨逸不安于当前的"闲情偶寄"了。再读她的散文，平添了一份自作多情的咀嚼。谨此，快慰中生发信任，信任她的出发点、兴奋点、落脚点。相对于身边同好，她说她更看重陌生人的态度，很纯粹，很剔透，无论热爱或冷爱。我呢？已经不是她的陌生人了，即便同好也未必同气。几十年来的我，沉迷于《林中水滴》中的普里什文、《瓦尔登湖》中的梭罗、《昆虫记》中的法布尔，都是信马由缰的神笔圣手。我好为人师，时常坐而论道，却没认真指教过杨逸。可能，她也不屑于我的指教。艺术非技术，刻意反而呆板。有道是，花自飘零水自流。

幸好，幸好见得到杨逸作品的气韵，及气度！

"碧海有情应怅望，青天无路可追寻。"快意人生，失去快意的缺憾，找小说补偿。散文呢？俯首听命，听风是雨不是雨，听雨是风不是风。一时一个角色，一篇一杯醇醴。情切切，意幽幽，独自销魂了。

嘱序，即序。

全在诗里

关于《我评小诗三百首》

喝大酒不比酣畅，饮小酒不比闲逸。各自为乐，全在酒里。

诗与酒，一样的！

东方樵夫，宋虹也。我叫他宋虹几十年了，叫顺嘴了。这里，允许我还叫他宋虹吧。

宋虹沙场不点兵，点诗，这回点小诗。

小归小，哪首都不白给。抛开套路，抛开奇技淫巧，直逼诗的核。天地多少大事情，风雨雷电，最后小到露珠儿，抑或泪珠儿。再小，则虚无了。

小诗自有小诗的魅力，看上去很美，月朦胧鸟朦胧花也朦胧。按说，宋虹曾经沧海，似乎稳得住神儿了，却依然心旌摇荡，扼腕可惜。三百首小诗收入帐下，姑且"我评"。无非一家之言，喷珠吐玉，顺水推舟。所谓云，所谓泥，云泥随意复随意。

其实，还是随宋虹的意！

与宋虹交谊数十载，水来菊去，不甚了了。二十世纪八十年代后期，诗坛景况是："政治诗人不吹号，朦胧诗人睡大觉。羞羞答答爱情诗，小花小草眯眯笑。"值此之际，宋虹的散文诗风生水起，一组一组覆盖着报纸杂志，便是远近霸名的《微雨丁香》。那调性，那韵致，极尽宋虹的哲学与艺术，沉郁而不失灵秀，成为许多人心目中的样板。

那时候，我司职《城市晚报》副刊编辑，心目中的样板是孙犁，也包括柯灵和张恨水。宋虹寄来作品，《天池》总是争先恐后推出。对，是推出而不是编发。顺便说一句，宋虹文优字美，连标点符号都意味深长。我承认，我的煮字生涯里偏爱过一些人，免不掉宋虹。他在桥上看风景，我在楼上看他；我在桥上看风景，他在楼上看我。星移斗转，隔空相望亦相忘，聚归聚，散归散，始终差我一杯酒呢！

随宋虹的意，由着他。

人，往往自以为是。经常性的自以为是，促成了宋虹深度矜持、狷介甚至刻薄。原本的一腔柔情，外化为一脸肆虐的胡须。幸亏老之将至，幸好小诗三百光鲜，点燃了他，激荡了他，使他的眼睛再一再二、再三再四地明亮起来。这种明亮里，异乎寻常地透着仁义，仁义的温暖，功夫果然了得。"我评"闪现，导入导出，念只念读者检验自己是一个怎样的哈姆雷特。去年某月某日，他在看过拙作《一起老》之后，微信里的"我评"直插心脏："我在老处等你。不着急！"

急的是岁月吧？

每次与宋虹见面，差不多都会聊到诗。诗无达诂，除了印象和感觉，也聊不出什么。即便如此，诗还是风花雪月。人活在世上，无风，无花，无雪，无月，多么孤单与落寞。有诗聊，他不孤单我不落寞，全在诗里了，夫复何求？

诗无完诗，犹之乎人无完人。与其说岁月安顿了宋虹，毋宁说宋虹安慰了岁月。越来越亲切的宋虹，突发奇想，竟也神灵般地集三百小诗于一书。由领略到知味，由知味到羽化，我仿佛抵达了宋虹的世界，及境界。

且慢，随我意，不如回到《我评小诗三百首》。从形式上看，多则十行八行，少则三行两行；从内蕴上看，深则西风古道，浅则西皮流水。有限传承于无限，无限寄托于有限。诗人，多为仰天俯地者，凡圣之间，一花分明一禅理，一叶分明一机趣。

"小诗"出乎其类，"我评"拔乎其萃。江山事，草木情，看破也难以说破！

小，自然是小，小来小去便有些意思了。

诗，毕竟是诗，诗来诗去便有些意味了。

抚古兮，思今兮，宋虹唯小诗独尊。小诗问小诗，谁个灯火阑珊？谁个月明星稀？谁个长亭更短亭？意犹未尽时，爱上这本书了，序之！

雨非雨　薇非薇

关于《别一种叙述》

　　自然界，雨是一种天象，薇是一种物象。机缘巧合，生发出诗意。曰：雨薇。

　　雨薇落到人头上，从姓氏，姑且宋雨薇了。

　　形出乎散文，神出乎雨薇。形神混搭，无止境。那么，是散文成全了雨薇，还是雨薇成全了散文？《别一种叙述》，别一种消解。消解是个慢功夫，需要时间。雨薇属于后来者，行公文，醉散文，蓦然居上了，形而上的"上"。品鉴雨薇散文，风景这边独好。小惊喜，小得意，不足以傲慢。大道至简，无非化虚为实，无非化实为虚，虚虚实实构成风姿与风骨。常言道女人是水。水满则溢，或思想或情怀或趣味或语言之中，浮现散文的灵魂。

　　日常的雨薇，一副机关文员模样。坚韧、坚强、坚定，感染着大多数的亲朋好友。自己对自己，近乎苛刻，力争辉煌的人生。2018年9月，敦化笔会聚集了吉林散文的大咖、中咖、小咖。收尾的那天上午，恳谈会，我主持。我随我的意，末一位，请雨薇开启尊口。之前，她一直埋着头聆听。叫她时，她险些蒙掉，终究顾自倾诉，竟然半小时以上。领受她痴缠的乡亲、乡事、乡情、乡悟，没人出去抽烟、出去上厕所，完完全全沉入了"雨薇状态"。后来，后来的后来，她把呕心之作接二连三地铺展在《人民文学》《民族文学》《安徽文学》《鸭绿江》《青海湖》《四川文学》《文学港》《散文海外版》《2023中国散文年选》以及甘肃、河北高三摸底试卷阅读考试题等等。这，就不是水满则溢了，而是汩汩流荡啊！

　　雨薇根系交错于村庄，断也断不绝。那个遥远的村庄，生生地被挤在长白山的褶皱里。稀稀落落的五六十户人家，勤耕细种，不胜贫瘠的困厄。适宜生长的农作物少之又少，主要是玉米、大豆、白菜和萝卜。然而，憧憬却是颠扑不破的。自中学阶段，雨薇索性脱衣服一样脱掉了出生地。那以后，岁月中纠结，岁月中回归，岁月中支离破碎地纠结与回归。故土的光芒明明灭灭，闪亮了昨天，闪耀着今天及明天。流水落花，她很少提及村庄的名字，那个名字总是在出现时使她莫名地心疼。不错，小小的穷乡僻壤的村庄，有如上苍丢下的冷笑话，美化它是浅表性伤害，丑化它是萎缩性伤害。思绪飘飞时，就散文了！

哦哦，她的散文，那么清透。

——"坡高路滑，我躬着腰，背着麻袋，向坡上一次次攀爬的身影，渐渐地拉大着山坡的弧度。在那片让父母充满希望的田野上，每一次，我都要上气不接下气地，将一袋袋的玉米棒子，挣命从坡底背到坡上的路旁……"

哦哦，她的散文，那么清脆。

——"很多时候，我喜欢看着四叔对准白桦树段，对着那个树的年轮中间圆圈的部位，高高举起斧头，手起斧落，一声清脆的声响，白桦树段一分为二炸裂在四叔的脚下，就像是碎了一地的梦想……"

细节，细节，细节，细节怂恿着雨薇，一枝一叶总关情，及至尽善尽美。人云："时间让深的东西入骨，让浅的东西无痕。"入骨也好，无痕也罢，毕竟要写出散文的气息、气运与气度。所谓散文之散，所谓散文之文，灵光哩，牧童遥指杏花村！

"五四散文"以降，一波接一浪，一浪接一波，波追兮，浪飞兮。女性典范中，现代的萧红、张爱玲，当代的铁凝、迟子建，等等等等，贡献出许多不俗甚或不朽的名篇。雨薇望她们的项背，不轻易服输，不轻易认尿，踩着光影跟上去。

村庄里的少小年月，看惯了也看懂了那些庄稼树木，它们之所以长势喜人，必然是经得起风、淋得起雨、熬得过风风雨雨。更何况，山、水、人，久养而性成，成那种偏性的性。体现在作品上——你写你的，我写我的；体现在做人上——你行你的，我行我的。

前辈教给雨薇一副联：春风大雅能容物，秋水文章不染尘。

没有技巧就是最好的技巧。境由心生，文由境生，若人品干净，文品自然圣洁。呼吸在市井，低眉顺眼，块垒无计消除。而到草原上，策马扬鞭，一下子就辽阔起来。雨薇有矿，云云烟烟复去还复来，不屑于要什么把戏了。当然，叙事讲究调性，一笑了之抑或一哭了之，小儿科，免不了亵慢艺术。雨薇赖仗生活的底藏和思想的高格频频出手，大爱与大恨融会字词句段，无为而无不为！

素女雨薇深藏多少事，散出来的千字文、万字文，情幽意远，夺目亦夺魂。

去年秋天吧？我受邀参加靖宇蓝莓节。其间，得机会与雨薇交谈，核心是生态散文。我曾经实践过若干篇什，没怎么当事。年轻些的雨薇，顾此却绝不失彼。她特别担心生态的繁花掩盖灵魂的枯涸。她的"彼"无可替代，土地还是从前的土地，村庄还是从前的村庄，积极地收放眼力和心气，开垦着一片又一片小散文、大散文。握别的片刻，发现她好看的脸庞隐约着沧桑。不由得暗想，沧桑兴许是雨薇散文的进境吧？

时光宠幸，雨垂情于薇，薇钟爱于雨。一个人，活成了且俯地且仰天的作家。雨非雨，薇非薇。谨此，为自己，为散文，为自己的散文。

嘱序，则序。

恍如云鹤

关于《向东偏北》

在我的信息库里，云鹤资讯是比较丰富的，而且时常更新。不过，诗人的名号却始终置顶，风也吹不去，雨也淋不去，就那么莫可言传地闪烁着，闪闪烁烁……

云鹤是神仙吗？

且慢，曾经要做神仙的，苦于没样板。以诗歌的名义和方式接近再接近，痴痴缠缠，影影绰绰，仿佛看到了诗神诗仙。哦，原来在梦里，梦醒时分，云鹤依然云鹤。云鹤啊云鹤，追寻刘禹锡的云鹤，几乎脱胎了几乎换骨了，有道是：晴空一鹤排云上，便引诗情到碧霄。

与云鹤交缘四十年，深深浅浅，都在生命里了。我的生命我做主，有云鹤出入，我觉得我是辽阔的、温暖的、充满意趣的。二十世纪八十年代初期，朦胧诗风潮席卷了华夏校园。北岛、舒婷在前，月朦胧，鸟朦胧，东北师大的学子们纷纷把自己捐给了诗歌，一路朦胧着日月星辰、草木蚁蝶以及聊以自慰的亲情、友情与爱情。云鹤等人的"五味子诗社"应运而生，作品一期一期贴在中文系的廊窗。阅读者芸芸，传播者芸芸，云鹤的美誉霎时间覆盖了校园。尤其《呼吸阳光》刊发在《飞天》的"大学生诗页"上，外地许多高校的诗人与他结为纸上的朋友，遥相兮呼应兮。那是个有"诗"走遍天下的时代，云鹤的梦中、眼里、嘴边、笔下全是诗，青春着他的青春，风光着他的风光。用他自己话说，读到好诗免不了击掌，写出好诗忍不住哭泣……

我们最好的四年，被云鹤就这样送走了。四年里，作为同乡同学同道，且醉且迷离，我前后左右经历了最好的云鹤。背上是朗丽的天，腹下是芬芳的地，天地间一个小小的他，飞去又飞来，以一个"此"抵达无数个"彼"。极尽浪漫的抒情王子，我身边唯有黄氏云鹤！

北岛诗：卑鄙是卑鄙者的通行证／高尚是高尚者的墓志铭。舒婷诗：与其在悬崖上展览千年／不如在爱人肩头痛哭一晚。一代人有一代人的调性，尽管云鹤始终视二位前辈为"诗霸"，却不肯亦步亦趋，没那么道义，自然也就没那么沉郁。云鹤诗：给奔忙的太阳和月亮／铺一块升降坪；在紫燕呢喃的呼唤中／我发现了一个深远的主题。很显然，云鹤是飞翔着的，他更喜欢超低空飞翔……

云鹤通晓书画，所以诗歌创作中线条感、层次感、景深感强烈，而他的语言一如他的名字，形而上，令无数人着迷。毕业之后呢，他分到省电台当了记者，我分到省报社做了编辑，同吃新闻一碗饭，鲜衣怒马。若干年过去，我递给他《别一种心绪》。又若干年过去，他递给我《亲爱人生》。两本诗集摆放在一起，那么静，那么净，息息复息息，如同两个洗尽铅华的灵魂。

诗歌最怕习惯性思维，及表达。一旦形成经验，并且凭经验写作，则落入俗套了。俗套是看不见的绳索，束缚着意象和想象。一首尚好，倘若千首一律，跟生产线上的易拉罐似的，命途可想而知。老实说，我很受益于云鹤的诗歌，经常在他的诗歌里找得到我内心亏空的元素或情愫。我想说，云鹤在吉林新闻界写诗歌绝顶，在吉林诗歌界写新闻绝顶，终归想想而罢。我从不跟云鹤开玩笑，就像云鹤从不跟我开玩笑一样。俗套里出来的话，要是被他视为游戏了，注定不怎么好玩、不怎么好笑了。

当下的诗坛，看似繁荣，实则芜杂。云鹤不大喜欢凑热闹，尽管也读诗，也写诗，却基本上不赫然示众。长天长，秋水秋，再不是雾里看花的年龄了，再不是水中望月的情怀了，那么些理所当然的差事，逍遥不逍遥，足以慰风尘了。

日常熙攘，与他见面少，握握手就握住了彼此。未及三年，云鹤或可从新闻中解脱出来，做自己想做的事。黄鹂白鹭，无论何处留影，我都会在诗歌里等他。

一梦半生，恍如云鹤！

《向东偏北》即将付梓之际，再次通读了里面收入的诗歌。我觉得，无异于进行了一场夜以继日或者日以继夜的倾谈，就像在梦幻的世界里完成了一个世界的幻梦。他不是马克思，我不是恩格斯，高山之谊耸立。换句话说，他不是鲁迅，我不是瞿秋白，流水之情响亮。什么都可以有，什么都可以没有，诗里诗外，耗尽了我们半个抑或多半个人生。

风生无水起，刻舟不求剑。好了！

以诗歌的方式，留念

关于《为你的照片写首诗》

从我的角度说，知道静川的人肯定比知道于江龙的人多，好比知道艾青的人肯定比知道蒋正涵的人多。对了，于江龙是静川身份证上的名字。

一谓先生，一谓后生。同样是诗人，远不能相提并论。

尽管静川写诗三十几年，已经硕果累累、白云朵朵了，却始终不见《我爱这土地》《大堰河——我的保姆》那种深挚而沉郁的调性。诗，咋写都是个好，秦时明月汉时关，一时一个念想。唐诗宋词，绝顶美妙，历代依旧继踵，依然捕风捉影。静川之所以令人难忘，便是诗里诗外的真情。真情一旦洋溢了，万物为诗，万事为诗，积极地成全了小小的、痴痴的、喜出望外的静川。

如果不写诗，静川完全可以凭借天资与勤勉过活自己的日子，并且舒坦畅达。鬼使神差吧？他少年时代偏偏迷上了诗。在诗的怂恿下，又毅然浪迹天涯；在诗的感召下，又毅然荣归故里。一晃儿，就耗去了大半个生命，好情好义存储在血肉深处。作品得以发表，无论是国内的《诗刊》还是区内的《长白岛》，都跟捡钱了似的，禁不住手舞足蹈呢！

两年前吧？偶尔的机会，静川的微信飞入朋友的一组彩照，秀色果然可餐，直教人神思飞远。以往，他阅读不少诗作《给她》，只当艺术欣赏了。没承想，轮到自己也要莫名其妙地"给她"了。她是谁？她以为她是谁？具体的她暗转成虚幻的她，支撑着静川的天空，云里雾里，静川竟一口气写出了八首照片题诗，意兴仍然未尽！

不消说，静川是志忐的。志忐时间段，照片里的人给了他赞许，照片外的人给了他赞扬。在赞许与赞扬中，静川脑洞大开，把他人陆续传来的照片一一题诗。《松花湖》杂志看中了，一并推出四十首；某诗歌网负责人觉得有新意，为静川开专栏；《知音》杂志看好了，选诗刊发在卷首。

我浏览过不少文史资料，包括丘吉尔总统、伊丽莎白女王、宋氏三姐妹、海明威、黄柳霜、吴文藻与冰心、钱钟书与杨绛等人年轻时候的黑白照片。前尘往事，漫漫漫漫，难得一怀追思。要是那些拍片之人，邀约静川之类，即时题诗一首，吾辈则容易许多了。

照片是今天的现实，亦即明天的历史。必须得承认，形而下的具象载不起形而上的意象，譬如乡情、亲情、友情与爱情，哪怕是片刻的。所以，聪明的静川面对一帧照片，不会过分地描写镜象而会执着地表达意象。以《一个熟悉的背影》为例："我可以随意找个借口 / 说是楼宇推搡我，和清风搭伴 / 造访你住的小镇 / 一个熟悉的背影 / 我企图绕过匆匆时光，让秋风迟到 / 我来不是为了 / 陌上花开 / 小村。庄稼。草帽下的女子 / 都可以藏匿在 / 我的诗里 / 一处若有所思的地方 / 往事像大鸟飞过村落 / 想与你俯身吻遍 / 金色年华的秋季 / 挟持一部分回忆 / 带回城市"。读完这首诗，再读这张相应的照片，我不禁哑然失笑。是啊，我能说什么呢？我说什么都是附赘。个中的禅理机趣，恐怕只有片中人破译了。

人生五味，适者为要。最初呢？静川试着去迎合，去角色里体味。再一再二再三再四后，他忽然觉悟把各色人等写得酸、甜、苦、辣、咸，无异于做他们的鉴定，费力未必讨好。照片里是一个人，每个人有每个人的生命密码抑或密钥，题诗其实是给读者一个入口，由此方可及彼。倘若仅仅停滞在"看图说话"层面，则太小儿科了，根本无艺术可言！

无艺术，何以诗？

全民摄影时代，鱼龙混杂，肯于示众者流当属好片。静川呢？尽可能地以诗的内功把好片推向极致，难免自作多情。敌得过"仰天大笑"吗？敌得过"漫卷诗书"吗？敌得过"能饮一杯无"吗？不过，他倒是颇通英雄配美女、咖啡配伴侣之道，能精准地"揪"出画面背后的"思无邪"，一首又一首，幽深且悠长，给春给夏给秋给冬，给风给雨给雷给电……

眼下，静川照片题诗火起来，呈蔓延之势。他伶仃奋战，三百多个群，四百多个圈，远远近近发来的照片让人目不暇接，几乎招架不住。如何是好呢？他说有感情的优先，又说有感觉的优先，还说有感想的优先。依我看，八成是困难，想提示他有意趣的优先，又想提示他有意味的优先，还想提示他有意义的优先。

我从前比较喜欢拍照，倒不是自恋，而是"为了忘却的记念"。闲时翻出来摆弄，历历在目，恍然如梦，误以为退回到童年、少年、青年。中年后，就不怎么动心思了。即便是鹰击长空，即便是鱼翔浅底，也唤不出沉潜的灵魂。此番，静川的照片题诗鼓舞了我，便私下里想，多拍几张好片交给他，请他题上几首好诗，相伴成趣，相映生辉，或许就不会迷失了。

我的意思是，我不会迷失在岁月里……

向经典靠近

关于《半窗晴翠》

近年，我的"歪风邪气"上升。具体到阅读，一目首尾，一目虚实，然后武断取舍。这样的大背景下，则许多作家损失了，更可能是我损失了。张铭属于例外，知其人，识其文，人文两相宜。我若再施偷懒伎俩，于心已有些不忍。

譬如《半窗晴翠》，我一搭眼，思绪便飘向白居易的送别诗句了："远芳侵古道，晴翠接荒城。"静下来难免好奇，何谓"晴翠"？何以"半窗"？偶然间发现，书名其实源自明代夏昶的一幅画。画虽有些模糊，题款依稀可见。

张铭眼睛小，但十分管用，宏观江山社稷，微察草木蚁蝶。一般的人，观也便观了，察也便察了，随时光一起流逝张铭不，非要画出意象来，非要写出神髓来，用自己喜欢的艺术形式诉说文学之文、史学之史、哲学之哲。

应邀去张铭府上，开开书画收藏的眼，两三个时辰没了，好一番沉醉。尔后，又沉醉于他的书山书海之中，随便抽出一本翻看，都有爱不释手之感。穹顶星空，星是阅不尽的；伊水书屋，书是读不完的。

我尤其看重张铭在文化上"海纳百川"的气度。一介书生，一怀热望，非要"打通文史哲、纵横诗书画、归回儒释道"不可。最初，他提及他的艺术理想时，私下以为是臆想。后来，他重复他的艺术理想时，私下以为是狂想。现在，他强调他的艺术理想时，私下以为是梦想。

梦想萦缠于心头和脑际，一旦绽放，注定比花朵绚丽，绚丽而且芬芳。

一代代文人，淘沙淘金，只留下大师。张铭沉潜中国文学史深海里，撞见了孔子、老子、庄子、陶渊明、苏东坡、龚自珍，津津分乐道，脉脉分含情。而且，他侧重斯文，边尊崇边效法，赢得了突出业绩。在《洞见斯文》一书的研讨会上，我忍不住强调：张铭跟通常意义的散文家不同，见斯文不见技巧。眼光捕捉到哪里，思想就落实到哪里。说得明亮些，他以文章的形式打开一个入口或曰一个出口，方便读者出入，尽可以"望星空"，尽可以"问世间"。

人，挺矛盾，又拆不开。张铭动作慢，语速也慢，可是思维却快，成篇却快。我试过多次了，约定的稿子，总是如期而至，从未塌陷过。

继《洞见斯文》《壮思风飞》之后，轮到《半窗晴翠》登场。多副面孔，一脉相承，无非从文化出发，向经典靠近。比照张铭，袭上新感觉：我惯于读书却读少了，我惯于写作却写少了。同样一颗文人心，时间对我似乎爱搭不理的，却总是怂恿他——要么风雨，要么雷电，要么风雨雷电。勤勉的张铭，演绎着若干个人生，及可能。

我不是预言家，无法推断张铭的未来有多少种"可能"。近两三年，他奋勇追随袁枚、王阳明、王国维、于右任、梁启超、鲁迅、胡适、丰子恺、傅斯年、陈寅恪诸位大师，哪怕追随的仅仅是影子，亦化为魂魄了。不过，在他的字里行间，我仍旧确认不了方向。更何况，一个人的方向未必引导一个人的足印。

一个人的足印昭示一个人的本质、本色和本钱。

是，还是不是？

偶尔与张铭碰面，其实愿意领教。给我知识也罢，给我见识也罢，唯恐让我无遮拦地掏心里话。然而，他似乎不解风情，总是一口一个老师地叫着，叫得我心慌，没什么办法了。没办法，少碰面，免得两下困窘，弄不成诗意弄成了苟且。

这样说，则有些远了，则有些生了。终归是那个张铭，眼睛越发地小，心越发地大，大小之间抑或小大之间，经典的人、经典的书、经典的前尘往事，熠熠烁烁……

遵嘱，为序。

乡村路，带他回家

关于《泥脚印儿》

　　作为连云的朋友，我比一般读者幸运。换言之，除了他自己以及二三至交，再没有什么人比我更完整、更系统地翻看《泥脚印儿》的书稿了。所谓幸运，不是指优先，而是指缘分。譬如：去超市采购，早进入未必得意，晚进入未必失意，重要的是买没买到中意的商品。

　　好书之人垂涎于佳作，无止境的。我逛书店或书摊，常常被撩得心慌，不掏钱则属于清醒了。连云的文章，我编发过一些，当时不觉着怎么稀奇。这回，他把文章汇集在一起，让我有了突发性的眼馋。没办法，只能乖乖地一睹为快。

　　果然，一睹……为快！

文章写来写去，原本没有什么序列。《泥脚印儿》所以分成四节，名之为：成长印记、好友亲朋、人生感悟、村落传奇。作者的心思昭然若揭，读者的追究枉然如梦。

接收书稿的当口，出于兄弟真诚，我曾经向连云建言献策，至少换一个稍稍时尚的书名。直至我把书稿弄懂弄通，我忽然意识到，我犯了许多人习惯于犯的错误——以貌取人。他说得多么透亮，又多么坚定：泥脚印儿，是昨天对今天的诉说，是今天对昨天的回望……

粗略算起来，连云在城市的生活已经超出了他在乡村的生活，时间流转，空间变换，却始终没法更新他的生存与生命价值。难解难分，是岁月饶过了他，还是他绕过了岁月？那片乡土、那些乡亲、那刮不尽的乡风、那下不完的乡雨，塑造了怎样一个顽皮、顽强乃至顽固的男孩儿与男人，即便隔去了十年、二十年乃至三十年，依旧不渝的志趣，依然不老的情怀！

是谁说过的呢？城市是相似的，而乡村却各有各的不同。从南开大学毕业后，连云主动放弃进京机会，选择了离家最近的省会长春。在电视台做记者的日子，虽未上九天揽月、下五洋捉鳖，但该走的地方走了，该享的福分享了，爱恋的乡村与乡亲，永永远远。在他的笔底，尽是些整鱼、冬捕、编炕席、玩爬犁的少年记事，尽是些姥爷、奶奶、姐姐、二哥、狗剩子、老地主的少年回忆。任何一件事，任何一个人，只要在他的心上电影一般放映着，就会不断涌出苦乐。哦，我不免生疑，这个可谓资深的新型城市人，怎么会视巨楼林立、川流不息、灯红酒绿的现代文明而不见，专门去打捞乡村往事呢？

我曾经做过三年知青，对三十年前的乡村和风里土里的大人、孩子有所了解，有所认识。读《泥脚印儿》时，我情不自禁地在记忆中寻找对应的"喜凤""珍儿姐""大臣子"等。还有"读大书""买字典""住宿""拉磨"，所有的事情，历历如在眼前。我喜欢这些乡村人物，时常想去见见他们；我喜欢这些乡村琐事，甚至想去那里教书。想到如此痴迷的程度，便不顾及夜深给可能正在酣睡的连云打手机，他居然接听了，居然告诉我刚刚从乡下的姐姐家出门。我有些兴奋，说又去姐姐家吃李子啦，那边说改天带我一起去。两个人之间的话，只有两个人之间听得明白，一定是喜不自胜或者接近喜不自胜了吧？

与连云交往相对频繁之后，我私下里断定，连云的理性与沉静适合做学问，他的博士论文《梁启超的文学活动及外来影响》就很让我钦佩。《泥脚印儿》从另外的角度袭击了我，使我不得不反过身来刮目相看。不是吗？许多作家，在叙写旧事的时候，往往跳出了角色，从"蓦然回首"的高度搜寻与打量，实际上已经"物是人非"或"昨是今非"了。连云不，他写旧事就是旧事，不蔓不枝，不云不月。这一点，在包装与美饰泛滥的当下，何其珍贵。有意思的情形是，妈妈住院期间，他把自己那些回忆性的文章打印出来，请姐姐和弟弟一篇篇地念给她老人家听。有出入的地方，妈妈及时叫停，纠正或者辩解。能用文章帮妈妈回忆，善莫大焉！

除去"人生感悟"这个单元，连云四分之三的笔墨写的是乡村，至少与乡村有关。尽心尽力，尽情尽意。如此倾情于东北乡村的作家，现实中为数不多，我只是联想到早期的萧红。同样写乡村风貌风俗，不同的时代，不同的人物，不同的色彩，不同的气息。对，《泥脚印儿》散发的气息，那么清新，那么浓郁，升腾在二十世纪后半叶的乡村，化作美丽的云，在天空上飘逸，飘逸……

"一缕清风，一丝魂"，城市里的连云，活得有声有色，有滋有味，我不免暗中视他为榜样。却原来，春花秋月，虚名浮利，并没有淹没他的生命追寻。一串串芬芳的泥脚印儿，远在乡村，近在心头。

乡村路，带他回家！

翰逸神飞是人生

关于《姚俊卿书法》

马虎说来，我算是书法边缘的知音。没什么学养，爱好使然。每见上乘作品，免不了生发据为己有的念头。梦想成真呢，乐几个片刻；倘若错过机会，悻悻哉，心里记下一笔账，暗自等待着昨日重现。

"昨日"时常"重现"！

是多年前的事情了。那一个上午，天气和暖，如同我的心情。小友冬冬带我去拜访大名如雷贯耳的姚俊卿。哦，冬冬是姚先生的弟子，便也省去了无聊的客套，其乐融融。借冬冬的光，我斗胆吐露心愿，求大书法家一幅墨宝，是我平素里热衷玩味的两句唐诗——"人面不知何处去，桃花依旧笑春风"。

午餐之际，更是推杯换盏，喜不自胜，却将遗憾憋在啤酒深处。眼见得姚先生"观海听涛"榜书，上午轻松地落入别人的手掌，私底下心痒不已。

姚先生从艺七十余年，书山墨香，我以为"观海听涛"绝顶！

再见姚先生的时候，虽隔千日，他已经少了许多话。仍然是那座大厦，仍然是那套房间。尚未见人，悠远的禅音乐曲已经飘出门外。握手后，蓦地发现室内东侧斗大一个条幅——"佛是觉悟的人，人是没有悟的佛"。书法之道，想必也在其中吧？

姚先生的书法，原本十分了得。自 1958 年进入长影字幕组以来，他为《五朵金花》《我们村里的年轻人》《青松岭》《金光大道》《沙家浜》《直奉大战》等三百余部影片设计和书写了片名。2005 年，在中国电影一百周年暨长春电影制片厂建厂六十周年时，他被授予功臣荣誉奖。2008 年，被国家知识产权局聘请为"中国知识产权文化大使"。1991 年，被调入长春大学，做教授，从事书法教育。实际上，更早的时间，他就创办了书法培训班，加上中央电视台老年书画课堂讲座，堪称"桃李满天下"。他曾经受聘担任吉林大学、深圳大学、长春中医药大学、长春工业大学等学府客座教授。已出版专著三十余部，长春大学和长影世纪城分别设有"姚俊卿书法艺术馆"……

事实上，姚先生的题字遍布黄山、华山、长白山、黄鹤楼、东坡书院、南山文化区等旅游景区，黄河碑林、翰园碑林、神墨碑林、南岳庙等地均有牌匾和碑刻收藏。1989年，他在中国美术馆举办个人书法展；1990年向亚运会捐赠一百幅作品；1993年其作品参加中国历史博物馆的"名家名作书画展"；1998年和1999年他连续两年被中国文联评为百杰书法家。此外，他的作品还多次参加韩国、日本、新加坡等国家以及中国台湾、香港、澳门等地区的书法展。《人民日报》、《光明日报》、《参考消息》、《中国日报》、《解放军报》、《工人日报》、《中华英才》、《电影文学》、新华通讯社、中央电视台、中央人民广播电台、吉林电视台、长春电视台等多家媒体都给予了充分报道。他的墨宝被国内外友人频频收藏，有一天，我在素有"吉林小江南"之称的集安逗留，偶然听到身边人电话里的内容，说姚俊卿的作品又卖出了一幅，价格惊人……

姚先生自己是不经营书法作品的。这些年，他去部队、去警营、去学校、去机关……赠送出去多少，连他自己也无从数计了。有崇拜者上门，怯怯地开口，能不能少要点儿钱？姚先生一挥而就，笑呵呵地白送了人家。其实，姚先生的工资收入也不是很高，却不肯在书法上多犯心思。用他自己的话讲："我的书法，不是为钱服务的，而是为历史、为后人留下点儿念想。"这方面，当然需要胸怀，也需要胆识。至于浮利虚名，他别有一解："现在活着的人，有谁能担当起'家'啊？离世的人，像郭沫若、启功，那才称得上。'家'不是自封的，盖棺方可论定。"

我是后学，也是懵懂，面对姚先生的作品，游目且驰怀，理应脱帽致敬。而他这个"大巫"却邀请我这个连"小巫"都够不上的晚生作序，令我迷惑良久。尽管惴惴不安中，也曾企图探求出二三底蕴，譬如王羲之的妍雅、颜真卿的淋漓、赵孟頫的妩媚和苏东坡的狂放，以及孙过庭、黄山谷、张旭和怀素等前辈的成因。不过，我看见的是影子，本身的姚先生师古而未泥古，逐步抵达了独此一家的翰逸神飞的境界。我当然知道，这个结论的得出，很有些自作聪明的意味，或曰枉费心机。我是局外人，只相信并且借助直觉！请谅解。

"画竹多于买竹钱，纸高六尺价三千。任渠话旧论交接，只当秋风过耳边。"姚先生对郑板桥先生的这首七绝题画诗领会尤为深邃，因而愈加痴迷。

临近老耄的姚先生，心潮趋于平和，渐呈大师气象。尤为可喜的是，他近年主攻的榜书，"闲来看花三二朵，不与时贤论短长"，实为佳作珍品。有心人，不妨收藏一幅。对了，我首推：观海听涛。

姚先生，别略掉我啊！

画事文心说光利

关于《墨韵关东》

古今中外，画家实在不少。而在我的视野里，对长白山格外垂青的画家只有两位，一是黄秋实，一是韩光利。

黄秋实的画风与影响，早已论定，多我一家之辞或少我一家之辞没什么意义。我倒愿意说说韩光利，他的文心，他的画事，时常萦绕于我的脑际。尤其是近年，光利的画，令我刮目相看，不是一般画家所能比拟的。我说的当然不是虚名，而是实力。

最初结识光利，在二十世纪八十年代后期。那时候，写诗比绘画牛气。不像现在，诗成了落叶而画成了金条。我们交往少，交情却深，他看重我的诗，我看重他的画，一来二去，高山流水。其实，诗画是同道的，都出自灵魂，出自喜怒哀乐，而形式不过是诗，不过是画。最可惜的是，他在画外诗亦能吟，我在诗外却画不能作，从而构成了彼此之间的距离，兴许是永远的一步之差呢！

然而，这不妨碍我对他画的欣赏与体味。看他的画，笔意纵横，潇洒自如，长白山的春夏也好，长白山的秋冬也好，一时间随了他的恣意妄为。对，他的笔下全是长白山，长白山的石、树、日、月，长白山的风、霜、雨、雪……当然，画家不是摄影家，不是实实在在地复现，而是似是而非地体现。怎么体现呢？鲁迅写小说的办法是，捣碎地域差异，塑造全新形象。光利的办法更简单了，他从小生长在长白山区，后来到省城工作，一得空便回长白山里转悠。所以，长白山早已被他"征服"了，长白山的景物、事物、植物、动物他再熟悉不过了。甚至，他可以看得懂那里的云象，听得懂那里的虫鸣。再可赞叹的是，光利如醉如痴，在笔下通过浓淡、疏密、真假、虚实、有无的关系，创造出的"这一个"长白山，更原始，更粗放，更深邃，更豪迈，因而也更有韵味，更具震撼力吧？

"世间无限丹青手，一片伤心画不成。"佛家之言？还是道家之语？

我在光利的画中，感受到的是意境、意趣、意思和意义。我一直觉得，他能把长白山画得这样接近完美，与他的"尊重"和"效法"有关。但是，他的成就却来自更高一层的艺术追寻。事实上，画景的人往往是费力而难以讨好的。从"匠气"脱生到"大气"，是每个从艺者的心愿，而真正较劲儿的则看造化了，所谓"画秀为善，人直为高"啊！从前他聆听黄秋实先生的教诲，现在他领取戴成有先生的机宜，确实有些境界、有些味道了。抛开俗事俗务，赏析光利的画，山山水水，云云雾雾，一派仙气，意犹未尽……

回过头来再读光利，由画品推测人品，多半就错不哪儿去了。在我与他交往的二十多年里，天高云淡，风香日暖，逍遥自在，乐于鼓吹。说什么序不序的，打住！

且真且淡的人与诗

关于《无韵的和弦》

在与首先交往的日子里，我一直庆幸他总是把友情看得很重，而对诗人这项桂冠，则显得漫不经心。

记忆里有个仲秋的午后，《春风》月刊召集省市一些作家和诗人聚会，研讨如何把刊物办得更好。会散去，大家依依言别，我和首先就相识在这当口。互道姓名，本是同根，又感到被他握在掌中的手隐隐作疼，就认定对方是个温厚的可以亲近的朋友。

那会儿，首先已经把不少诗歌亮在报纸杂志上，而且鲜明地展示出了属于他自己的血与火的诗歌精神。思虑得悒郁，冷峻得苛刻。用诗之笔析出历史与现实，或超拔，或沉重，自取诗之灵魂。

我至今以为，缪斯不该选择首先，首先也不该选择缪斯。他原本活得风调雨顺，他明明知道诗歌不过是诗歌，何必为诗而苦而累呢？然而在诗的殿堂里，他是真格的化而不解的教徒。

每次见面，首先绕来绕去就是离不开诗歌。一板一眼地由着自己的兴致谈。遇好诗，他赞一声："太美啦!"遇孬诗，狠狠地撂一句："啥破玩意儿!"而他的好孬之别，多在于诗里有没有东西，有没有分量。我经常能从他直来直去的话语里，品出他一贯的艺术追寻。首先的诗多次获奖抑或被选载，却从未见他显现飞扬的神采。相反，他太庄重，太矜持，以至朋友们明里暗里戏谑他对不住自己的形象。大家邀他聚会，更多的时候是被"开会""有事"等理由软中带硬地拒绝。他说八小时以内工作第一。偶有小酌，三杯酒下肚，他又会把自己赤裸裸地暴露给你。

首先选择诗歌，多半是选择痛苦的沉思和沉思的痛苦，以便切切实实地体会生活，提炼生活。繁杂的公务缠磨了他一天之后，他便借一盏孤灯，独自燃起"KENT"烟，伴袅袅烟影升入"天国"。于是集结了这本《无韵的和弦》。其实无韵者，何尝不是来自心底的别一种呼唤呢？!

首先的诗，风姿独具，既不以匠心取胜，又不以辞藻诱人，她的美，是深藏在意蕴之中。离开共鸣这个窗口，你就很难发现她美的所在。而那共鸣又一定是来自对生活的认知，对过往岁月与未来岁月的深深思索。

人，之所以是高智能动物，不在于其有感觉、其感觉怎样敏锐，而在于对感觉的分析、化合、凝聚和导引。我以为首先的诗，既有理性的思考，也有哲学的造化。正直和坦诚又融于理性和哲学之中，因而他的诗合者不众。

其实，首先的诗也极简单，仅仅就是抓住了事物的本质，借用诗的形体和力量讲那些埋得深深的文物。就像挖出了古墓，就像钻透了岩石，就像把人们带进了谁都去过而谁都不曾细看的世界。于是你不免大声说："啊！原来如此……"

对他来说，这就足够了！

近些年来，很有一些诗既不教化，也不被教化，独自表现那种莫名其妙。而首先的诗，既不排除教化，也不摒弃被教化，他带着一颗善良的心，总想把美好、真诚揉进教化和被教化之中，捧进人类的筵席，旨在让生活更加美好。于是便不顾时尚，去揭露虚伪，掰开假象，让人们在同一个基点上树起人格，这大概也是他为人的宗旨吧。

在聊诗聊腻了的时候，我曾劝他以后改换门庭。我以为且真、且淡、且幽远的他，更能造就出生命力强的大化散文来。他说试试看，但我明显看出他的诗心不死。

首先没想单来做这样或那样的诗人。或许，我们能在另一条路上再会。

爱就爱了

关于《追鸭记》

庸常的写作，太容易了。譬如风花雪月，欲深刻则疼痛一下，欲高贵则忧郁一下，欲美丽则寂寞一下。卸妆之后，再恢复柴米油盐的面目。

字里来，字里去，谁没有庸常过呢？

"开成花灾的玫瑰不是灿烂，而是荒凉。"尽管凤华的觉悟相对晚了，却出乎其类。也是，人到中年，白发闪现了，心境澄明了，应该留下些无悔的文字了。当她获悉中华秋沙鸭全球仅有两千只左右时，顿生怜爱与悲悯。从 2019 年春天起，只要时机相宜，她就守候在长白山保护监测基地，踏查与观察。鬼使神差吧？她迷上中华秋沙鸭，迷得苍茫，迷得细微，迷得苍茫而细微，已经深入庄周梦蝶的意境。什么内力呢？半梦半醒之间。爱就爱了，哪怕一厢情愿，或曰单相思。

天地多少好情，始于单相思！

人活着，执念一事一物，比幸福还要幸福。写作的凤华，日常之上，专长于主体发挥。发挥越来越好，逐渐呈现气象。《追鸭记》明显寄托于客观描述，所见即所描，所闻即所述。因为鸭，所以鸭，那习性、那性情、那情境、那境遇，真切，生动，纯粹，容不得敷衍。何况，对曾经的鸡汤式表达，凤华提不起精神了。当下，她只想素面朝天，变境由心生为心由境生。

不粉，不饰，我买她的账，买她的文字账。

过往的岁月，我比较买凤华的账。为什么不呢？为人诚朴，为文诚恳，是谓"双诚"之缘由。最初，在通化地区的一次文学讲座上，我借助《别用你的幸福刺痛他人》，与作者共同探求发现与唤醒的奥妙。时隔几日，忽然收到凤华的《抓阄儿》，我品咂良久，领教了她的机敏与机趣，顺便发在我煮字的省报副刊。以后的十几年里，一篇又一篇，烟火光影，光影烟火。但凡投到我的名下，我好像没含糊过。

可以肯定，改弦更张的《追鸭记》愈加平和、从容而畅达。凝重多含雨露深，她习惯了写人物、写事物、写植物，此番轮到写动物，用情中华秋沙鸭，深深深深。当然，托鸭子的福、述天、述地、述人，直至小爱后的大爱、小情后的大情。正所谓：不是爱情，胜似爱情。我完全想象得出，监测器这头儿的她沉醉于那头儿的鸭姿鸭态、鸭声鸭语。多么出神入化，土罪和洋罪，一并飘向未知了。

爱江山，更爱美鸭！

凤华果然遇到了最好的自己！

从初恋到热恋，中华秋沙鸭调动了凤华，也主导了凤华。

心系兮，魂归兮，蓦然回首。曾经的人生百味，一风一风吹了。她得意于看鸭子，得益于去看鸭子的路上。之于她，有难度的写作其实最接近快活。快快活活，痴人说"鸭"，不求春风大雅能容物，不求"秋水文章不染尘"。犹如过日子，自家过自家的，要的就是自家的感觉，舒服比什么都好。

多难是难啊？山难水难，化圣为凡，无非给人个休歇处。

不错，经典是用来拆解的，也是用来破防的。依据中华秋沙鸭，由表及里，由里及表，几乎融会贯通。我想问，有没有什么神灵的浸润和点染啊？想想而罢，很怕夹杂出戏迷的口气。凤华嘴上鸭子鸭子地叫，落实在字面上，一派春光秋色，盛大而绚丽，绚丽而芬芳……

文学是多元化的，阅读毕竟局限。如果要我指明《追鸭记》的高光价值，我以为在非虚构的取向上。亦即：经历决定情怀，经验决定趣味，经历与经验决定作品的调性。一个柔弱女子，赖仗长白山，日渐刚强起来。丢丢羞羞的，始终是中华秋沙鸭。说真的，我熟悉的凤华的那张脸——笑盈盈的脸，近几年再三再四密布思虑。人跟鸭亲，热闹劲儿锐减。上个周五吧？她给我的微信里说："朋友不必多，知音几个就够。努力完善作品，争取让自己满意。我清理了朋友圈，不想于无谓的交往中消耗时光。尤其在山里待久了，好多看不惯，喜欢真实、简单。"我未免惶惑，不知该为她扼腕叹息，还是该为她举手加额？暗忖之，另一个高度啊，兴许云水兴许禅。

爱，就爱了，念兹在兹，虚言浮语虚浮了！

嘱序，便序。

文同道合

关于《边走边畅》

五十岁以后，心气弱了，很少结交新朋友。不是新朋友不好，而是自己在情谊方面丧失抱负，越来越享受独处。

偶尔，我也纠结。那句话怎么说来着？——不顾别人的感受是自私，太顾别人的感受是自虐。自私与自虐，纠结成我心里的一个团，疑团或谜团。

赵连伟的出现，另当别论。第一次见面，晚宴上四人，碰杯把盏，真情传递，天啊地的，余下就是诗歌散文了。回过头来想，那晚，最数连伟深沉，没说多少话，诸位似乎也酒比话多……

后来，连伟把新写的诗歌传给我，把新写的散文传给我。断断续续，他是请我指教的。山高水长，环肥燕瘦，我指教什么呀？够水准的，则把它们推到我所主编的《吉林日报·东北风》上。偏偏这个连伟，盯住我不放了，不光是他自己的诗文，但凡读到人家的诗文，感觉有波澜，也都跟我探讨。慢慢地，我就习惯了他的痴迷，有一说一，不肯怠慢。

可惜，他寻找的秘方，我同样在寻找中。

近两三年，连伟的空闲时间，几乎都用在了散文随笔创研上。写着发着，发着写着。现在，摆在我眼前的《边走边畅》，便是他 1994 年以来集锦似的成果。他特别指出："畅这个字，一定意义上能代表我的心境，及追求。我后半生的理想生活就是畅游、畅读、畅快与畅达。"没错儿，他这么一"畅"到底，我即便想替他调理，也只好作罢。文章千古事，由着他去才好！

我曾亲眼见连伟指挥演练，大气概，大精神，威风凛凛，所向披靡。由此，我会下意识地联想到，面对那五七千个汉字，他是怎样运筹帷幄？又是怎样随心所欲？常言说得好：海阔凭鱼跃，天高任鸟飞。艺海文天，当然看自己的道行。他读书、思考、行文，虚也是虚了，但从他的虚境里，透出的是执念，是沉醉，是清欢。在这点上，我跟他一致，攻下一个山头，再攻一个山头。所谓笔杆子里面出风骨，连伟不辜负，有一句，是一句，都是情怀里温热了的点滴，点点滴滴。

花有清香月有阴。我写了几十年的诗文，实里虚去，虚里实来，虚实成就作品。连伟多以实为实，侧重于叙事和说理，开出一片田野，尚须精耕细耘。看到谁个写得灵动、灵气、灵光，他也眼馋，甚而摇摆不定。这注定是好事，懂得学习和借鉴嘛。想提醒他的倒是，真水无香大诗文。否则，越写越油，越写越滑，诗文一油滑，无药可救了啊！

泰戈尔说：不要着急，最好的总会在最不经意的时候出现……

愿与连伟共勉。

一个人的文化趣味

关于《中华姓氏千字文》

木匠琢磨木匠活儿，石匠琢磨石匠活儿。

文字匠呢？

且慢，文字最慷慨了，谁摆弄都行；文字最豁达了，咋摆弄都行。张兴友放眼中华姓氏，致力千字文，告成《中华姓氏千字文》。

一路来，孜孜矻矻。

一路去，善莫大焉！

我有些纳闷儿，也好奇，再次找来《百家姓》《千字文》，与《中华姓氏千字文》交相阅读。对照、咀嚼、辨析。哦，幸好千字，幸好浅白，幸好全在我的兴致里。无须讳言，同样是蒙学，后者沾光而已。不过，阅一阅，读一读，兴许别开洞天了。

《中华姓氏千字文》借助四字韵文的旧瓶，装自家酿制的新酒。此心此念，寄望岁月了，岁月证明一切。眼下，张兴友匠心独运，列条目为启蒙教育篇、百科知识篇、华夏历史篇、历代名人篇、自然生物篇、自然地理篇、民族复兴篇、古代故事篇、复姓篇。方便尽管方便，依旧乱，乱石铺路之致，成全了作者的一定之规，成就了作者的一家之言。

拘泥，恐怕是拘泥；刻板，恐怕是刻板。

……一片冰心在书里。

文字本无序，即兴组合，相映生辉，闪烁奇妙的意思与意义。六年里，张兴友驱字成文，驭文成集。知在，识在，情在，义在，一步步引人入胜。胜，进而圣，圣乃国学中十分亮丽的一个字。芸芸众生，向往高境界，朝圣矣！

何求"照彻乾坤"？何求"印透山河"？

当然，没那么夸张。《中华姓氏千字文》也没给出那么夸张的理由。

寥寥千字文，无非从中华姓氏出发，携带"释义""阅读链接""知识窗"，奔赴理想国。以实为实，实来实去。如果避实就虚，上升到文学的、历史的、哲学的层面，张兴友免不了得寸进尺呢！

偷着乐，乐在自己的感觉里。

人活过一个甲子，春花秋月就不在话下了。尤其要紧的是，好风相从，从真，从善，从美。

《中华姓氏千字文》既是一种理念，也是一种实践。那些人物，那些事物，那些植物，那些动物，恰到好处地注解了文化的内质，内在的质量。泾是泾，渭是渭，一水寻一水。张兴友过于自命不凡了。无可厚非，做事里里外外做久了，想必能做出名堂。只要不打诳语，或妄语，总会给人促进与滋养。尘世烟火，照亮超尘脱世的精神。

何止于苦辣酸甜？继承了，光大了，他看青山多妩媚，料青山看他应如是。什么命不命的，无用武之地，便转身于用"文"之地。文以载道，文以灿烂人生，文以芬芳人生。天下小，小天下，始信不白活一回！

用文字说话，深说浅说深浅说。张兴友称其为顺口溜。顺口，顺口，顺口就把自然与人生的枝枝蔓蔓溜出来，也算是能耐。从无序到有序，从已知到未知，约等于文字之蛹化成智慧之蝶了。

顺文成章

关于《为了母亲的微笑》

散文，很容易上手呢！

日月星辰、蚁蝶草木抑或人生百味、文史掌故，随便哪一角透光了，都可能点亮片段的悲欣交集。再怎样珍惜，都不如散发出文字。所谓散文，无非放养着的牛羊。

出手却难上加难。无知无识出什么手？无情无义出什么手？无趣无味出什么手？无语无言出什么手？一出手，什么都露了，什么都漏了。

青年乃至壮年，藏连顺分内写材料，分外写小说，其乐足够融融了。太阳偏西，心意向晚，往事悠悠漫过了额头，及年龄。这种情状下，藏连顺把更多的时间和精力投注到散文里，不说沧桑亦沧桑。伟人毛泽东说，无限风光在险峰。如果非要追加一句呢？凡夫如我的话便是：无限风光在心上。

并且，在成熟男人的心上。

走了多半个人生，风云过眼，那些累积太久的乡情、亲情、友情和爱情，冲撞着，飞掠着，燃烧着，升腾着，直至藏连顺倦怠下来，安静成一片海，心上的海。我好像是在2011年前后认识藏连顺的。笑脸对笑脸，散文对散文，自然引为知音。知音难觅，难免做出过头的事。他写完就给我看，我看完就给他发，不由自主地搅浑了作家与编辑的"淡如水"。

他不卖弄，我不浮夸。

中国散文史，清清亮亮，不蜿蜒。大体为叙事、抒情和议论三个分支。谨此，演进当代散文的开阔地，仪态万方，风情千种，许多人旌旗摇荡。然而，藏连顺却不慌，即使心慌手也不慌。榜样的力量是无穷的，他信奉大师级的文学前辈，尤其是邹韬奋、朱自清和唐弢先生。研读他们的作品，照镜子，取其貌而求其神，渐渐呈现出"花自飘零水自流"的气象来。这个谧静的气象，区隔着玩票儿、弄鬼儿的炫技派，彰显了传统也成全了传统。是也？非也？怕只怕一场是非，不了了之。

近几年，我更倾向于陌生的写作，或有难度的写作。一篇一篇写，见经验了，见趣味了，见调性了，打住！藏连顺嘴上说，见着我的散文不放过，一读再读。我当然知道他在客气，不当真。能够让他当真的注定是自己的真情实感。像散步一样，怎么舒服怎么来，外化在散文上宛如清风徐来，自带芳华。与其说他沉醉于过往岁月，毋宁说他热衷于修正人生。明摆着的嘛，不过是身边的那些人，不过是身边的那些事，或缅怀，或纪念，或相依相伴，或相思相见，纷纷扬扬，很有些莫名其妙地在他失控了的笔调中流荡，疼痛而美丽，美丽而疼痛，直全落他个山重水复疑无路，落他个柳暗花明又一村……

往事一旦输入大脑，魂牵梦绕；真情一旦化入血脉，刻骨铭心。幸福，幸得，福之得之，全在意味深长的叙事中。本书的若干篇章，藏连顺道尽了母亲的酸甜苦辣。一位极其平凡又极其伟大的母亲，那么清澈，那么高洁，那么纯粹。细细地阅读，细细地体会，禁不住泪流满面。私底下，我曾经再三再四地替他琢磨过书名，以为比《为了母亲的微笑》都好。阅读体会之后默无声息了。字字雨，字字露，闪闪且熠熠，熠熠且闪闪。还能说什么呢？除了母爱，还是母爱，永永远远的唯有母爱！

几十年的职场里，半为官，半为文，成就了藏连顺的平铺直叙的本领。落实到纸面上，根系叶脉，一目了然。跟着他的感觉走，《呀！土豆》来了，《笑面》来了，《陪酒》来了，《磨叽大姐》来了……或紧或慢的述怀中，闪出一个又一个亮点，散文的亮点。单也可能单了，薄也可能薄了，却绝不做作和勉强。读一篇，是一篇，缱缱绻绻，芬芳了昨天、今天，兴许还有明天呢！

曾经沧海的一个人，不忘自身终究是个浪子。回归散文，回归多彩的童年、少年、中年及至道不远人的老年，试着洞穿"每一寸时光都有欢喜"。

顺理成章。顺文呢？

应序。

朴素无边

关于《时光书里的精彩》

　　舒兰出大米，也出诗人。我熟悉的胡昭、陈玉坤、金克义、雷恩奇、佟石、马辉、胡卫民及其脚跟脚、手挽手的明亮之星，璀璨了一方山水。每次去远也不远的舒兰，下意识地念起同道的名字，如微风，似细雨，独自回想独自梦，依稀且依稀。

　　于佳琪躲在他们的身后，偶尔闪出一副面孔。

　　一副农民的面孔。

　　其实，自从于佳琪覆盖了于子锋，他已经远离生他养他的农家了。脸还是那张脸，更名中，暗藏着什么玄机吗？1990年，不足二十岁的他选择了公路段道班的工作，分内是统计员。分外呢？承担着通讯工作，主要报道本单位的人和事。小单位，小事情，勉为其难了。不过，恍然五载，歪打正着，于佳琪恍然间摸到了文学的须子。摸到了，就不肯松手。人，是这样的，一旦结缘便很容易生发非分之想。写自己，写自己的感受和认识。谁知，散文《美丽的风景线》被《中国交通报》采用。于佳琪手中捧着样报，看一遍，再看一遍，又看一遍，连标点符号也不放过，兴奋突破了整个夜晚，依旧没能够沉静下来……

除了写散文，他还写小说，写诗。何止入迷了，简直入道了。管他什么文体呢？一路写下去。就像开车，管他什么车呢？一路开下去。更坦白的态度是，他的写作目的或此或彼，不确定，然而万变不离其宗。以散文为例：有生活的底蕴，有丰富的情感，有形象的语言，有鲜明的风格。于佳琪的"四有"观高明吗？不高明。试着探核心，我发现了一种微弱的软质的光，莫可名状，姑且叫它魂灵。

魂灵游荡着庄稼一般的于佳琪，很质感，似可触摸。比如他的衣装，比如他的发式，比如他的眼神，比如他的动作……扑面而来，让人一下子陷入农民式的朴素里。读于佳琪的散文，朴素无边，老街、榆树、河流、母亲、儿子，成为他尘界的全部爱恋，沧桑而深切。铁凝说，我们生活在一个世故的快时代。而这个"快时代"似乎与于佳琪无涉，他只关心目力能及的人世间，一山一水、一街一垄，以及人的一撇一捺。兴许是惯常的，但动心；兴许是惯例的，但动情。

写作是件雅事，钱俗吗？索性雅中求俗。跟农民一样，于佳琪必须老老实实耕耘自己的责任田，不敢懈怠。二十几年前，他毅然放弃公路段道班的工作，便决然卖字为生了。一盘险棋，弄不好，输掉了日子。所幸，一边写，一边发，字里行间刨出个足食丰衣。也没什么藏着掖着的，每年起码得拿回十万八万稿费，不然一个老婆三个儿女八成会要他的命。他的命值多少钱？眼下，看他卖出的字啊！

一念诗和远方，一念烟火生活。

老实说，我是不忍心跟于佳琪倾叙文学的，过于奢侈了。遇见好的诗文，过目后，顺手传去一份。事实上，我要向他学习的方面很多。不忘的例子是，他曾推荐陕西的一位作者的作品，我觉得不够好，搁置下来。他几次电话询问，直至刊发方罢。后来的后来，我离开编辑岗位了，再勾起往事，更多的却是由衷的感佩。坚持有坚持的道理，作者薄弱，助力为善。2016年吧？吉林省作协评选十大农民作家，于佳琪荣得桂冠。散会后，他过来紧紧握住我的手，叮咕还是要好好写东西。怎么写呢？写什么呢？太形而上了。看着他一脸阳光的模样，心想：这个农民够勤劳，没黑没白爬格子，"爬"出一个文学的多面手，所向披靡，满怀的馥郁，及傲骄。

于佳琪发稿量之大，令人几乎瞠目。据说，好的年份都在千篇左右。答案在风中飘荡吧？求证于他，竟不容我置疑。单说去年，光《新民晚报》就发了十三篇。忽一日，我看到于佳琪晒在朋友圈的二十天内的稿费，上百张的单子形成一个放射状的圆，足足六千多元，绿光闪闪。

在优雅的边缘，有人听风，有人看云，于佳琪写作。多少事，多少情，流水落花。于佳琪躲在舒兰一隅，偏偏字里刨食，刨生活一样的文学和文学一样的生活，别一种天地呢！

嘱序。便序！

榆树是棵文学树

关于《中国，有个粮仓叫榆树》

树族里，榆占一位。算不上名贵，却没理由轻视。尤其在东北的大平原上，触目时常惊心，直抵惊讶、惊羡、惊喜之心。

榆树，落叶乔木，叶子卵形，花有短梗。翅果倒卵形，通称榆钱。木材可供建筑或制器具用。人小的时候，侧重吃喝，自然熟悉榆钱，才不顾及作用呢！

说是一棵树，其实是一座城。

对，城与树同名，哗哗作响。

能够补充词典释义的，无非民间美传。传一，亦传二。或曰：市街用土壁围绕，而土壁之上生长着繁茂的榆树，远远望去如森林，索性得以榆树；或曰：城南一棵古榆，十人合抱不成，百米区间无他，称谓孤榆树屯，渐近成为榆树。文史掌故，考据为要，圈外只有听之任之了。

城小，连同乡村，面积不过 4712 平方公里。事实上，榆树的名气可是不小，在省内外，在国内外，坐落于"世界著名的三大黄金玉米带"上的榆树，素享"天下第一粮仓"盛誉。光阴迫，特别是近些年，榆树人不吃老本，重塑辉煌，并且在玉米化工、生物制药、畜禽加工、新型建材、机械制造和白酒酿造方面已然取得突破性的成绩，有些熠熠烁烁了。

去过榆树多次。每次去，总会下意识地寻找那里的历史和文化（的碎片），往往力不从心。幸好，身边有地产贤达伴随，私下想问则问了，想知则知了。偌大的榆树，在他们的掌心里，或风雨，或雷电，或前世今生，一时成了我的追望与追怀。由此及彼，榆树是骄傲的，无论过去、现在，还是未来。

更令榆树沾沾自喜的是，在那片神圣的、神奇的、神秘的土地上，同时还葳蕤着文学，一片又一片，小说、散文、诗歌，遍地怒放，绚丽而芬芳……

那么，究竟多少榆树人在侍弄文学呢？云云三四百，云云五六百。不止吧？我以为远远不止。形而上也好，形而下也罢，姑妄云云。最重要的是，血脉里漩流着文学素，生命便是多梦的。起于垒土，兴许就仰慕九层之台了。榆树自有榆树的丰姿，榆树自有榆树的调性。翘望归翘望，榆树既不成杨，也不成柳，把小城的烟云旧事和自己的烟火生活融注字里行间。够好了吧？

他们写亲情，便是浓重的亲情；他们写乡情，便是浓厚的乡情；他们写友情，便是浓郁的友情；他们写爱情，便是浓烈的爱情。一方水土育一方人，或许简单了，或许庸常了，偏偏又是这简单而庸常的表达，再三再四地安抚了过往的人与事，过往的疼痛与怜惜。文学的脸，除了情，还是情。相对而言，手法无非伎俩，倘若小伎俩，则没多少意思了。

写作的过程，首先是心灵生发一个愿景，然后一字一词地建造，及营造。我格外想说，文学是为心灵服务的。心在哪里，文学就在哪里。需要提示的是，所谓地域性，所谓风俗性，很可能限制或束缚一个人的感受力。感受力弱，想象力就弱，一弱再弱，文学恐怕不乐观了。榆树的文学：粗朴，参差，起伏，像田野上的庄稼。我不免好奇，好奇占主导时，透过庞大的阵仗，幽幽地寻觅一棵又一棵庄稼的"心"。"灵"，随着"心"呢！

还喜欢庄稼那种本质的执着的样子。追太阳，逐雨露，从容起舞。

弄文学的人，特别容易把自己弄丢了，弄没了。无须讳言，我很怕那些表现欲过强的写作者，写着写着就转换为杂技演员抑或魔术师。榆树人踏实，务文学尤其踏实，里外都是一个"我"，高低亦可鉴，真假亦可识。不错，写作原生态，小说、散文、诗歌充盈着原始的气息，及气象。

小城，平野阔，视野宽，一望而无际。先天的地理优势，决定了后天的文学格局与态度。玉米让榆树声名远播，而文学让榆树精神高飞。读到《中国，有个粮仓叫榆树》这部书稿，正是万物悄悄复苏的季节。冰已消，雪已融，草木蔓发了，春山可望了，好一幅春天景色。白居易曾经满怀得意："几处早莺争暖树，谁家新燕啄春泥。"前人不识今人面，我一时恍惚，禁不住替"诗王"惋惜了。

是为序。

亲爱的文学　亲爱的湖

关于《卡伦湖文学作品集》

写作者，难免计较。计较什么呢？首先是写作环境。弗吉尼亚·伍尔夫明确说，要有一个自己的房间。我尤其过分，习惯在写作的当口儿关闭门窗。倘若赶上好状态，灵魂得以出窍，仍然在房间里游荡。顺理，继而成章，接近于矫情了。

《卡伦湖文学》微刊，怂恿诸多的写作者"得寸进尺"。即：从室内到湖畔。我常常被怂恿着。

一如湖水怂恿着岸，以及摇动的岸柳。

从前，我去卡伦湖，几乎目瞪口呆。诵不出湖的内涵，描不出湖的外延，我在目瞪口呆之下，只好借助旖旎捕风捉影，捕捉湖的神髓。书生奈何，空留一腔热望，自作多情地想象大地上那片闪闪发亮的水面与幽幽沉潜的水底……

所谓"久在樊笼里，复得返自然"。呵呵，直到 2020 年 8 月 9 日，《卡伦湖文学》横空出世，再一次刷新了我的牵念。一座湖，赋予其文学使命，忽然神秘了，因神秘而神奇，因神奇而神圣，不愧为一座神湖了。

神不神呢？

叫梁冬梅神人，估计连她自己也会不好意思。不过，她好意思读人，读天下人，她好意思做事，做天下事，全凭一己趣味。人读好了，事做好了，便交付给文学。文学是什么呀？是字与情愫，是爱与良知。当她把心得说给卡伦湖相关管理者时，一拍即合。2020 年 9 月 6 日，卡伦重镇挂出了"卡伦湖文学"的铜牌。秋风里，分外光耀，迷醉好些人哩！

江河湖海一家亲，别具意兴。湖，清澈，宁谧，缱绻，似乎与文学更加通融。热爱文学的人，或者以文学为己任的人，谁个没亲近过湖呢？更有甚者，譬如美国的亨利·梭罗、英国的华兹华斯，与其说湖成全了人，毋宁说人成全了湖。中国的文人不胜枚举，张岱笔下的西湖和季羡林笔下的未名湖，湖光波影，冷情的岁月也只能悄无声息地收藏，并且展示，不辜负。

十个月出头儿，《卡伦湖文学》总发 426 期，期期引人入胜。此间，在卡伦湖度假村，举办了五次笔会。去年的秋天，静川如约而至，一气写下了二十首诗歌，冠以母题《卡伦湖》。每每读来，则意犹未尽！1922年，湖畔诗人汪静之、应修人、冯雪峰、潘漠华合出诗集《湖畔》，红极一时，名噪文学史。哦，后生奋力直逼，不可不畏呢！

单说这一次，亦即首届"卡伦湖杯"华语文学奖征文大赛，共收到两千来篇（首）作品，小说、诗歌、散文、散文诗、随笔等体裁均可参评。内容上也是，虽以卡伦湖题材为主，却不排斥万事万物、万情万理。何况，年龄不限，地域不限，以至引来九岁的孩童和八十多岁的老翁，以至引来德国、美国、越南、新加坡、菲律宾等国的一些国际同好。这，便是《卡伦湖文学》兼收并蓄的品性，充分显现了湖的开放式，以及大格局。

文学，了不得抑或不得了，就这个样子吧！

复杂了是吗？那么，回到根本的问题上，无非写什么和怎么写，尽在字里行间。看心情，看彼时彼刻的心情。《卡伦湖文学》不断推出的作品，不断地更替着我的心情，让我越来越觉得亲和爱。还挑剔吗？还计较吗？亲爱的文学亲爱的湖，罢了，罢了。

千古诗文，无一定法，谁人说得明白？我吟诗弄文几十年，经验仅仅止于几十字：写作是一个自作多情的进境，手法和技艺并不重要，重要的是生活、灵魂和语言。我的写作，没什么特别，唯诚恳与诚恳表达。

卡伦湖文学，贵在诚恳！是为序。

散文的调性

关于《四月啜翠》

小说以假乱真，是一种境界；诗歌以真乱假，是一种境界。散文散，以韵致为依托，却不适合乱，一乱就七八糟，失去了本身的调性。

孙辉弄散文，断断续续，二三十年了。弄出一些喜悦，弄出一些困惑。2014年前后，连本带息，非要弄出一些名堂。那期间，他通过朋友找到我，随手递上一篇散文。我对弄散文的人都有热情，也愿意助力，应承尽快安排。他不走，还希望我指教，我好像没指教，但我记住了他。一脸诚恳的笑容，我收取了诚恳，笑容跟着他的背影远去。此后，一而再，再而三，几年里他给《吉林日报·东北风》的散文填满了他的发表欲。为什么呢？我也纳闷儿了，恐怕源自他的诚恳。散文尽可以散，散漫，散淡，散逸，诚恳却不能散除。许多人散来散去，耍花腔儿，玩花活儿，文品却空洞。孙辉不，孙辉的字里行间跃动自己的魂儿，亦勾他人的魂儿。

说他是仁者，他又乐水；说他是智者，他又乐山。一个银行职员，业绩之外，痴迷于散文，能读书则读书，能行路则行路，都在为散文输血或充电。于是，那些触及他的人物点、事物点、植物点、动物点，点点星星，星星点点，闪烁成一篇又一篇的散文。尽量灵一些，尽量妙一些，尽量灵妙一些，诸如《四月啜翠》《夏日听蝉》《秋菊赞》《白雪红灯年味浓》，沿着季节线边走边表达，便给局外人指明了方向，包括我。

我主张写散文的人做散仙，游心于事物之中，逍遥在事物之外。别那么拧巴，别那么沉，写作应该是一次愉快的独旅。想翻云则翻云，想覆雨则覆雨。放下，放松，放空。

或许，孙辉站位不够高、眼界不够宽，只方便专注周围的经见，过小且过薄，我想敲打他，文学要有大胸怀、大气度、大悲悯。细细思忖，个体感何来？个体情何去？散文的核儿不就是个体情感的流荡吗？打个比方说，无论一个人的服装怎么变化，发式怎么变化，举止言谈又怎么变化，之所以被记住，是因为那张本皮本色的脸。散文的脸，无非情感，融会而贯通的情感。诚恳的孙辉，诚诚恳恳地给出了烟火人生的调性。

所谓调性，就是格调与品性。一般人写感性，不一般人写悟性，神一般的人写神性。欣欣然，都在发奋的路上，孙辉顾自写他的调性：挚切、纯净而浪漫。

想怎样活则怎样活，想怎样写则怎样写。时间一长，渐成气象，不由自主地被张岱、朱自清和汪曾祺所浸染。我不敢断定，孙辉的文心具有张岱的闲适、朱自清的清丽和汪曾祺的优雅，然而，以包容的态度面对散文，孙辉是不是挺耐人寻味呢？我的意思是，一个人一种活法，一种活法一派风范。这里，我愿意说，孙辉是有才华的，目前的他，只把一半抑或一少半的才华用在了写作上。风是风，雨是雨，既然风雨的岁月里，梦想托付给了散文，祝他顺风顺水吧！

散文无密钥，无秘诀，所以我指教不了孙辉，他唯有老老实实写下去。顺便提一句：写作不是变魔术，把乒乓球弹进平底锅就成了油煎蛋，把手帕纸丢进玻璃杯就成了纯牛奶……

作者信我，嘱我为序，我就信口开河了。

用青春的金线编织

关于《白山绿水戍边人》

无论怎么说，青春都是人生中最辉煌、最绚丽的乐章，或激昂或沉郁，或畅达或缠绵，都是那么让人迷恋，让人憧憬和回想。当我静下心来，细细品读《白山绿水戍边人》的一篇篇、一首首诗文的时候，则宛若浮荡在贝多芬奏鸣曲和舒曼的小夜曲之中，浮荡在中国的《梁祝》、中国的《茉莉花》、中国的《黄河大合唱》里……

我熟悉这本书中的少部分作者，知道他们的体魄、相貌、性格和特长，更有多部分作者尽管未曾谋面，但并不妨碍我对他们的揣测、判别、喜欢和尊敬。读他们的文字，就是在读青春，读青春的得与失、笑与泪、爱与恨，读一个个面孔及其灵魂。所以，我要郑重感谢主编武岩、刘洪平、周建中三位同志。他们的本职工作虽然非常忙，非常辛劳，却审时度势，顺应民意，再次"忙里偷闲"做出了这样一个"非常"之举，把警营官兵们平日里的所见所闻、所思所想、所感所悟之新闻报道和文学创作集于一书，以便更好地沟通，更好地了解，更好地交流，更好地促进。这么好的事情，被他们三位由愿望变成了现实，我还真挺羡慕呢，也由衷地祝贺！

二十世纪五十年代初抗美援朝期间，作家魏巍远赴炮火纷飞的前线，不顾生死，深入采访，写下了脍炙人口、动人情肠的名篇《谁是最可爱的人》。我在看完《白山绿水戍边人》后，也禁不住心潮激荡了。我为我们这些戍边人而自豪，而骄傲。同时，我要说，在和平年代里，这些以国为家、以民为亲的边防官兵，用生命与爱谱写了一曲曲新生活的"青春之歌"。无论体裁是通讯、特写，还是小说、散文、诗歌、报告文学，最撩拨和触动心怀的毕竟是那些乡情、友情、亲情与爱情。说实话，读完《从此天堂有卫士》，我不禁潸然泪下，一时无语凝噎，为主人公李兆林如诗如歌的英雄事迹，也为作者朱贵臣如泣如诉的挚切笔法。还有吴文松的《情深意长 春光无限》、宋刚的《真情吹拂 果园飘香》、赵建龙的《说说咱村的新鲜事》等等，无一不透出感人至深的警情、警事、警心、警声。作为保家卫国的戍边人，我们完全可以挺着胸脯说："人生自古谁无死，留取丹心照汗青。"当然，这只是一种豪迈的表达，"死"不足惜，何况艰苦、劳累、烦琐和寂寞？其实，生活在遥远的边关，每天要承受多少不及料想的困难与困惑，偏偏我们的官兵习以为常了，甚至把战胜这种困难与困惑当作了享受。也恰恰是这些视"承受"为"享受"的特殊群体，栉风沐雨，夜以继日，抛洒鲜血和汗水，才换得了一方河山的锦绣，赢得了一方百姓的平安。

透过这些诗文，我们看到的是戍边人的青春方阵，听到的是戍边人的华彩乐段。他们是山，山有山的雄伟；他们是海，海有海的壮阔；他们是风、是花、是雪、是月，所有这一切构成了完全属于他们自己的世界——绚丽的青春绚丽的梦。诸如《傲立潮头天地宽》《套"狐"》《阿峰的毕业故事》《边防官兵的诺言》《老兵的爱情》《冬天的白菜》等等。值得一提的是，张家铭那篇《撑起军装的谎言》和柳瑛瑜那篇《最熟悉的陌生人》，从父亲母亲这个最直接的角度切切实实地敲疼了读者生命深处的稚嫩处。而我领受的，就不单单是感动了，还有感激、感谢、感染、感叹、感想，内心泛起一层层温暖的、幸福的涟漪……

"白日放歌须纵酒，青春作伴好还乡"——此乃古人的浪漫情怀，姑且不论。今人呢？自然更聪明些了。世花纷呈，各有一香，难说高低。不过，著名作家王蒙早已为我们这些白山绿水戍边人"代言"：

所有的日子，所有的日子都来吧，

让我们编织你们，用青春的金线

和幸福的璎珞，编织你们。

是为序。

真情写手

关于《人生的矿藏》

于我而言，为贾仁山《人生的矿藏》补跋，纯属自作多情。那一天，他把书丢到我的桌面，软声细语地说，请老师抽空翻一翻，可能的话写些文字。

我写什么呢？几个月过去，我只能补跋！

序一是张笑天先生的《奋斗不息》，序二是李作明先生的《历史性的精彩收笔》。一位是他景仰的前辈，一位是他信赖的同行。末尾的一章，是《作者人生篇》，连文带图。大家都知道，无论耍什么把戏，但凡自我贩卖，不算数。我琢磨过了，要让自己的文字和仁山的著作生死与共，我只能投机取巧，补一个跋了。

偶尔的投机取巧，不亦快哉！

我跟仁山相识，应该超过二十年了。年轻时我习惯以貌取人。见他瘦小的身材、朴素的衣装，尤其是那一脸困顿的神情，觉得他不太可能写出像样的文章。

我当时意气风发，喜欢跟能够写出"像样的文章"的人交往。私下里，会有片刻的惭愧。然而，这种惭愧只有窝在心室。做了朋友之后，我每次对他都怀抱热诚，电话中聊天也不失热度。做朋友，他的一言一行让我非常受用。

最让我受用的，还是他的文章。

确切地说，他的文章叫新闻特稿。什么叫新闻特稿啊？也许依旧有待于专家的探求与定义。反正，既不是诗歌、散文、小说、报告文学，又不是消息、通讯、侧记、理论评论。二十世纪九十年代初风起云涌，新闻特稿强占了报纸和期刊的主要版面，很吸人眼球。

通常的叫法——大纪实。它是一种新形势下的文体，即用文学的笔法写热点人物、热点事件，一言以蔽之，就是展示新闻背后的新闻。对了，发迹于这种文体的人叫写手，而不是作家或记者。

新闻特稿从兴起到衰微也不过二十年。这，不是我的结论，有新闻出版报早就表明了态度。值得庆幸的是，自幼喜欢文学的乡野小子仁山，经过了它的全过程，并且誉满全中国。1982年，仁山高考，名落孙山，只好乖乖地回家务农。单薄的身体条件，使他没有信心在乡村生存下去，于是弃农从军。他一生都不会忘记，在大伯送他的路上，自己狠狠撂下的那句话："这一去，将不再回来!"气得大伯直翻白眼……

后来，仁山也是时常回来，不过是探亲访故而已。因为写作，他成了部队报道干事，成了记者站记者，成了行业报社新闻部主任。凭什么呢？凭的是自己对新闻写作和文学写作的一腔热爱与实践。2000年以后，审时度势的仁山异军突起，奋发图强，一路拼杀，用那些血肉丰满、仗义执言、感人肺腑的"大纪实"叩开了《知音》《家庭》《华西都市报》《婚姻与家庭》等国内一流报刊的门窗。江南塞北的笔会，以及在国外开的笔会，都有了他踌躇满志的身影。一般的文人，以文养文尚会捉襟见肘。仁山呢？不但住上了一百二十多平方米的大房子、开上了十几万元的小轿车，而且媳妇、儿子、女儿一家人沐浴在他的柔情蜜意中，何其幸福，何其豪迈!

然而，更让他引为幸福、引为豪迈的是对社会的责任与担当。

歌吟悲喜命运，书写壮美人生。既不故意，也不矫情，当然更不框定。从质感的《人生的矿藏》中，我们看到了仁山的阔大胸襟和挚挚切切的情怀。他文字里面的每一个人物、每一个事件，都深深地浸泡着他的心血与汗水。他爱正义，爱真理，如同爱生命。日月经天，笔墨春秋，诉说的故事绝对是真实的、感人的，但在真实的、感人的故事中，折射着正义的阳光和真理的阳光，这就使人们在流泪阅读时鼓胀着一股力量，一种精神。有时候，记者和作家会下意识地较劲，到底是新闻的作用大还是文学的作用大。看看仁山的新闻特稿，会催生出别一种文章理念吧？

知音传媒集团曾有位高管评论说："世界上没有两片相同的叶子。生活高于艺术，真实是新闻纪实的生命。只有挖掘到原生态生活，纪实作品才会具有震撼人心的力量；也只有生活本身的传奇和精彩，才能点燃作家创作的激情和冲动。贾仁山正是坚持这一原则，深入采访，贴近现实生活，才写出了大量振聋发聩、感人肺腑的纪实作品。"此言极是，代表了我的意见，恕不赘述。

我要说的是，看似平常的仁山，实则内心沸腾着一个海。我不知道，明天或者后天，他还会拿出什么样的大部头撞击我，席卷我。而在他尚未付诸行动之前，我默默祈祷《人生的矿藏》再版，也好补上此跋，沾沾他的灵气和喜气啊！

世事一局棋　做人半壶茶

关于《古道清风——老壶小品集》

出于工作，也是出于兴趣，日常里，我会断断续续看些画作。坦白地说，过目不忘的少，扣人心弦的少。老壶的画，另当别论，看一幅算一幅，选入记忆深处。每当回味时，多了些意蕴，如食橄榄果，久而不能释怀。

圈里喜欢，圈外尤其喜欢。

今夏，有本《什物小品》问世，里面收入百余篇随笔并且配置百余幅画作。随笔是我二十几年的心血，甘苦自知；画作是我请他增光添彩的，他重情重义，成全了我的美梦。书出来后，阅读的人几乎都免不了问：老壶是谁？画得真好，更有亲近者一定要我代求他的笔墨，根本不顾及主角的感受。

呵呵，原想画与文相映生辉，客观上却功高盖主了。

我当然也很得意，有他为我助威！

老壶其实不老，年方四十。子曰四十而不惑；今非昔比，四十而惑。老壶呢？一个人在艺术的天地里行走，倒也逍遥自在，苦辣酸甜都是歌，无所谓。我很欣赏他那张志得意满的照片，游在水中央，大大的嘴，仿佛可以吞掉全世界。如此的抱负，还什么惑与不惑的？

而他的画，斗转星移也不过十年。他而立之年始弄墨，无门无派，无宗无师，凭着天分与才情，凭着勤勉与执着，在拥挤的喧嚣的画界占了一席之地。近五年里，他出版了画集《老壶涂鸦》《古意时兴——老壶第一回个画展》《废纸十年——老壶文字画选》《第八感觉》等，2009年和2012年，先后在佛山、上海举办个人画展。多少艺术走卒，画了半辈子乃至大半辈子，终究在门外徘徊，不得神髓，呜呼！

从这个点说，老壶是幸运的。

老壶自谓涂鸦，倒也不错。无论山水、无论花鸟、无论人物都带着明显的特征，很随意，很个性。最突出的，要数他的彩墨画。素材呢？从现实来；手法呢？从民间来。所以能成此大业，无外乎"二分写字、二分画画、二分交游、四分读书"。有人看他的画，会赞他为当代齐白石；有人看他的画，会颂他为中国毕加索。老壶对这样的褒奖不以为然，硬往大师身上靠，未必就能成为大师。他画自己的画，世事一局棋，做人半壶茶。把生活融入梦想，把梦想融入生活，那率真的童心、那稚巧的笔法、那朴拙的趣味、那深邃的意境，便是精神所在，便是魅力所在。老壶在画画之前、画画之中、画画之后，心存着怎样的念想，怎样的哲学与诗，我确实不好揣度。依据他的思维叫：风云论道，笔墨通天。

这本《古道清风——老壶小品集》尤可赏鉴。司空见惯的植物、动物、人物，经过他的构思和组合，妙趣脱俗，意境高远，余味缭绕。例如《名山无双地》，根本没有山，只是两束花一只鸟，便充分体现了"妙法不二门"；又如《世事一壶茶》，不过是壶里的水乡景象，却叫人思接古今。最有趣的是《二美图》，画面上分明是两个大脑袋、小细脖的丑女，老壶还不忘题一句：据民间统计，圆脸美女较受欢迎。我猜想，老壶每次看完它，都忍不住开怀放笑。再比如《五德图》，一只大花鸡翘尾恣肆，左下方是两只怯怯鸡雏，而题款大模大样地占了近一半的空间："首戴冠者，文也。足搏距者，武也。敌在前敢拼者，勇也。得食相呼者，仁也。守夜不失时者，信也。"实际上，老壶更多的画，虽有题目或注解，也很难一目了然。他的画就这样，画面简洁，画法夸张，画境幽深，不是几句话足以概括的。得读，得想，得寻味，才可能捕捉出画的真谛和道义。

还常常出现匪夷所思的情况：欣赏的人越往正了想，越失了本真；越往偏了想，越中了埋伏。或许，他就是画一幅画，一幅画面展开、画意深藏的作品。不去探求最好，原本的模糊性、朦胧性才是艺术的高境。"荷池本非清净地，闭目澄心见如来"，老壶的生命脉向、律动，常人无须把握，随他去了才算明智。

从入画到入心，人和人的差别永远是一桌之隔、一步之差。

即便是相同的题目、相似的画图，由于老壶的再次创作，也会生发出异常的感觉。像《千金买酒邀诗客》《黄金屋颜如玉》《天淡云闲》《得失自知》《清风在手》这种大同小异的构思与处理，不会轻易被发现，而骨子里的得意之情注定会浮上他的脸庞。局外人在嘀咕他是否"江郎才尽"之时，岂料"轻舟已过万重山"了。

时下用彩墨画画的人日益增多，国画家颇谙此道，漫画家更是效之行之。老壶的画独辟蹊径，自成一家，引得圈里人手热、圈外人心热。说真的，如果有机会，我倒很想访访他的东湖豆居和一方山水居，去领略甚至领会一个小品画家的大美情境。

可以吗？老壶！

闲文闲品

关于《春秋得闲》

与景昕谋面的回数多了，也是近几年的事。他见我通常呈现的是一副笑模样，尊我为大师兄。我平日里习惯琢磨人，对于景昕的笑模样，我会下意识地琢磨，有多少真情的或假意的元素。

幸好，景昕经得起琢磨！

我想吉林省散文界，我是再熟悉不过了。尤其近些年，新人辈出，佳作迭出，令我深度愉快。我愉快什么呢？三十年前，我弃诗歌而转投散文，头上星光灿烂，身边灯火阑珊，既兴奋，又孤寂。那时候，是诗歌的天下，是小说的天下，是报告文学的天下；散文呢？没多少人专门侍弄，也不见气象。现在好多了，放眼望去，春光撩人。何止繁荣？还昌盛呢！

景昕的散文在这样的大背景下应运而生，可谓知难而上。一篇篇写，一写则十年有余。当然，他不是来凑散文的热闹，所谓"大家都来擦皮鞋"。他是写评论的，景昕写评论的文字我也零星地读过，才气十足。这次我是比较全面而且认真地读了他的散文，其实在我看来跟所谓的名家散文也相差无几——写人叙事、写景抒情，但是这里有景昕的风格，那是景昕的散文。

通常，我读朋友的散文都不免霸道，也是率性地评判，想说啥就说啥，想怎么说就怎么说，谁让我都了解他们的创作底细呢？然而，对于《春秋得闲》，读着读着，我还是被景昕套住了。我在他的套子里，读他的乡情、乡景、乡事、乡人，读他的所思、所想、所念、所悟，像奴婢一样，顺着他来。或许是偏得吧？我居然在他的"低调"中领略了"奢华"，居然在他的"小世界"里领略了"大风光"……

不过，仅仅依靠这种奇迹般的领略，也只是一时慰藉而已。我之所以寄望景昕，并把他的散文一篇一篇细细研究——我差不多已有好些年没有这样认真地读一个人的散文集了——初衷是想要抠出些与众不同的禅理机趣。

景昕主业是文艺美学，并且痴迷鲁迅研究。在读景昕《远逝的老井》《怀念老孟三哥》等诸多篇什时，风雨如磐暗故园，我会情不自禁地联系到鲁迅的《秋夜》《故乡》。鲁迅命笔，旨在"揭出病苦，以引起疗救的注意"。景昕呢？因时代而变，因风云而变，即便是"朝花夕拾"，也早已"昨是今非"了。

当下的散文，一场秋雨一层凉。越来越多的人，向文化撒娇，向历史献媚，向哲学讨巧，绕来绕去，把自己绕迷糊了，丢了。

学者料埋春秋，如何得闲？

在《春秋得闲》里，我恍然大悟。思想之闲、情感之闲、趣味之闲、语言之闲，"闲"出了一片天地，一片散文的天地。其实，景昕很忙，他有那么多的事务性工作，但他忙里偷闲，一直不断地守候着自己的精神家园，这是很难得的。

散文河里无规矩，想怎么划就怎么划，想划向哪里就划向哪里。较比凡人凡文更聪明的是，景昕颇通散文之道，菜肴"咸"中得味，散文"闲"中见品质。经验告诉我，"闲"近乎"失控"。我不说，他也懂。

我一直期望，把散文写好，其实是写不好的。古今中外的散文，哪一篇叫好？没有最好，只有更好。天上的星星，夜空里熠熠烁烁，哪一颗叫亮？叫最亮？芸芸众生，每一个致力于把散文写好的人，男人和女人，努力才可能写得更好。如果把散文喻成楼房，那么，景昕的散文属于框架结构。这种看似简单的建筑方式，其实也挺复杂，复杂在格局、门窗以及装修装饰上。我读景昕的散文，着眼于微观和细节，包括语境，还真是妙不可言！依景昕的性情：不诠释，不破解，不傲慢，不故弄玄虚……

今天，他作闲文，我来闲品。他和我以外的朋友，你呢？

是为序。

用文字导航

关于《诗地图》

这回，周颖玩得有点儿大。灵光乍现，非要带玩家转转他眼热的那些城市。转什么转？明人不打暗牌，一部"自作多情"的《诗地图》，宛如一部得寸进尺的导航仪，即时点，即时指示方向。心血来潮，览一程历史，览一程文化，览一程历史与文化。

姑且随他……玩去！

周颖天生贪玩，玩完童年玩少年。直到参加工作，开始玩文字。越玩越美，偶尔把文字玩上板报，玩上市报，玩上显山露水的杂志。二十世纪九十年代吧？忽一日，玩到了我的编辑室里。送我的诗歌集《清清爱河》，纸香，墨香，心香，隐隐约约，他说他就是个玩。再一次，送我的散文集《忐忑》，纸轻，墨轻，心轻，影影绰绰，他说他就是个玩。若干的面对面，他没投以必要的认真，我没报以必要的痴妄。许多年后的今天，我猛然意识到，玩中自有玩法，玩中自有玩道，是我忽略了。幸好，我的忽略未曾阻碍他的玩。他很欣赏自己，玩过中年玩老年，始终那么一副"玩世不恭"的样子及调性。

玩爽玩不爽，看造化哈！

从前他迷冰球，不玩了；从前他迷绘画，不玩了。零落成泥，剩下文字了。毕竟是文字通情达理，玩诗，玩文，玩小说，文字背后好名堂。一个玩家，玩出人民文学出版社《但使相思莫相负》、作家出版社《泪眼看清宫》、文化艺术出版社《泪眼问花花不语》、九州出版社《忐忑》、当代世界出版社《饮一杯唐诗咖啡》、花城出版社《关雎》、百花文艺出版社《情感的旅痕》、长江文艺出版社《又一种默契》、书海出版社《水做的男人》、北方文艺出版社《情人的呓语》、时代文艺出版社《清清爱河》等十几本书。其中的六本，光版税就够购置一套房产。哈，何止名堂呢？飘然若斯，亮闪闪的名字后面紧跟着白花花的利润呢！

《诗地图》则是另外一种道法。

芸芸众城，大同小不同。讨不同，讨不同中的爱恨，爱爱恨恨。一个个节点，或经历，或经验，或经典，熠熠烁烁，烁烁熠熠，助长了周颖的异想天开。随笔诗歌的当口，多少有些出神入化了。事实上，他在两三年的时间里，集地图、照片、文字于一书，殷殷切切，并以此为导航，努力接近众城的灵魂，灵与魂。果然，最是文字从命，随一厢情愿的笔，诗一厢情愿的歌，两厢不敷衍，不混沌，不辜负。即便如此，周颖仍心存余悸，怕自己没玩好，读者不买"导航"的账，更怕"导航"迷离，使读者误入歧途。且慢，我替他申明一句：《诗地图》不是身体力行的说明书。去哪里？怎么去？取自于个人的情怀与趣味，甚至习惯。

会玩的，寻找会玩的。

玩得起就玩。

回溯中国文学史，雅风唐韵，风韵雅唐，诗人也不过是玩。玩来玩去，玩给一代又一代的人看。"飞流直下三千尺，疑是银河落九天"，玩的是李白的飘逸；"莫愁前路无知己，天下谁人不识君"，玩的是高适的潇洒；"晴空一鹤排云上，便引诗情到碧霄"，玩的是刘禹锡的豪迈；"纵然一夜风吹去，只在芦花浅水边"，玩的是司空曙的清幽；"儿童相见不相识，笑问客从何处来"，玩的是贺知章的怅惘；"人面不知何处去，桃花依旧笑春风"，玩的是崔护的落寞。望尘尽管望尘，周颖没这么玩过，玩也玩不转。但，无论如何，一个人玩文字，离不开心志。他侧重感觉，云深云浅，不过是玩玩艺术的感觉罢了。可否？

不同的城市有不同的脉络，或曰纹理。周颖疯是疯，不瞎玩，尽可能地把握本质的城市和城市的本质。如果喻城市以人，他是抓头而不抓领子，抓手而不抓袖子。望穿秋水不如放任脚步，一点点接近，一点点融入，或可成为城市的一部分呢！关于城市，劳心者劳心，劳力者劳力，周颖劳他的一腔爱恋。爱恋极致，落实到纸面上，便是用随笔诗歌导航，欣欣然，引发更多的人抓住城市的头和手。

　　玩，就玩得漂亮！

　　当随笔得宠成套路、诗歌得意为技术，周颖破圈做了一种尝试。那些地图上的史，那些照片上的事，那些心头上的情，实来虚去，里应外合。拿一城，是一城，渲染着每一个侧面与细部。就文字而言，不啻是工程呢！对了，周颖的主业是建筑，工程复工程，构不成生命的咏叹。说到底，依旧是玩！

　　玩呗！玩家一起玩……

　　遵嘱，为序。

诗歌之上

关于《隐形符号》

地上的情理，不好琢磨。而天上，日月星辰，尽管个比个玄奥，却通情达理。人，恨不得生出翅膀，凌驾于凡世，哪怕超低空飞翔。哦，无非逃避，逃掉或避开。

……如何是好？

青山雪儿聪明，给她一个支点，她撬动了诗歌。

写诗呗！写纤云弄巧，写飞星传恨，写银汉迢迢暗度。哦哦，多少人间事飘到天空上，又轻轻曼曼落下来，一如雪花。雪花意象多了，许个名分给自己：青山雪儿。先是一个人叫，后是许多个人叫，叫来叫去，几乎淹没了王红芳，淹没了柴米油盐的王红芳。

青山雪儿迷恋诗，胜过迷恋生活。身体驻扎在生活里，心常常游荡于诗国，变成了灵魂。依灵魂读诗和写诗，发乎内，止乎外，内外一片好风光。随缘分吧？她不是一个轻易能够喜欢上谁的人，但她接近极端地偏爱米兰·昆德拉、威廉·莎士比亚、加西亚·马尔克斯、巴勃罗·聂鲁达、弗兰茨·卡夫卡、豪尔赫·路易斯·博尔赫斯和顾城。童话诗人顾城，如鬼使，如神差，派遣那些短句子，从浅思维出发，直戳蓝调的忧郁——"你／一会儿看云／一会儿看我／我感觉／你看云时很近／看我时很远"。朦胧中，句子何其短，而韵味何其悠长；思维何其浅，而意境何其深邃。

伤脑吗？伤！

伤心吗？伤！

伤脑且伤心，反而成全了青山雪儿的诗歌，一首又一首，竟然异乎寻常地清丽，及清透。由此及彼，由彼及此，或此或彼，或彼或此。我年轻的时候，化不开，近乎愚妄了，念念而罢。她一扫天下，《落雪》呢？一生也不一定填满人世的沟壑，然而"落下来／它就，抱起了／整个世界"。尤其《伤口》一诗，灵光乍现了："你没有错，又有什么是对的呢／看看以前我们做过的那些梦吧／我们把石头种入泥土里，泥土不开花／我们把雪花种入泥土里，泥土不开花／我们却从来都没有想过／把石头种入石头里，石头会不会开花／把雪花种入雪花里，雪花会不会开花／梦醒了，我们才发现自己／被葬身于一个叫作'伤口'的地方／它不说话，只流血／它流血，从不开花"。这首诗发表后，被收入《中国新诗百年百首》等多种选本，甚至被视为她的代表作。是不是呢？我以为不是。一首诗一个担当，充其量代表诗人的那一片刻。

许多个片刻，演绎着许多个青山雪儿。

我看到的那张面孔是妩媚的，南风薰兮；我看到的那副身姿是娉婷的，翠柳摇兮。都是视频里的呈示，不作数。谨此，我对她的《隐形符号》心意沉沉眼迷离，更多的归结于自以为是的 N 种解读。那么清雅的一个女子，与超验诗绝配。超验，原本是一张底牌，在诗里，时常连她自己也翻不过来，所谓诗之核。没领略过她的一飞冲天，也没感受过她的一鸣惊人，我只能远远地在我的兴致里品咂她十年、二十年的诗探索，探而索。

幸好，她的文思营造着她的文字。适得其所，瑜伽里修身，梵音里养性，诗歌里便多了些禅理机趣。花非花，雾非雾，一时气象一时诗，奇异、奇幻、奇妙。回心转意之间，洗一洗凡尘，净到虚空。读这样的作品，很容易把自己读没了。隐隐约约，她好像在说："诗是灵魂的避难所，可以医治每个人的伤痛，并教会每个人怎样怀着希望去生活。"还在隐约说："真正的诗人就是不断地从自身的世界里剥离出新我。这是一个炼狱般的过程，重要的不是到达，也不是完成，而是对生活、对生命的爱。"前句言及诗，后句言及诗人，前后呼应，一脉相承，熠熠着无为无不为的神性之光。

青山雪儿写诗有年头了，即便是凭经验，也可以把诗写得招摇。她却不，宁可放纵空荡荡的日子，随波逐流。倔不倔？皮肉不倔骨头倔。她去读书，去赏画，去逛街，去打沙袋，哪怕去写小说、写散文、写评论乃至写那些不入体系的材料，单单不去写诗。诗，最是至圣至仙，没灵感写什么呢？诗歌之上，自己解决自己，及梦想。而灵感袭来，恣肆汪洋，放开写，世界则变小了。

写诗的门道万千，门道转成说道，错误了诗。1984年诺贝尔文学奖获得者雅罗斯拉夫·塞弗尔特主张，诗不应该是思想性的，也不应该是文学性的，它首先是诗。就是说，诗应该具有某种直觉的成分，能触及人类情感最深奥的部位和他们生活中最微妙之处。青山雪儿的诗，自带风华，跟她的人一样空寂、灵妙、跳脱。与我的相识，兴许是惯常的内涵抑或外延呢？读了《书里看人》，写了《与光同尘》，使这厢的我无以回报，见到她的文字便要仔细琢磨。琢磨不定，恍然间把天边拽到眼前。有诗也青山雪儿，无诗也青山雪儿，虚实一本《隐形符号》了。

雪花一样雪。

白马一样白。

雪是一面镜子，照出了我的白，苍白的白！

天生那抹蓝

关于《春风不问路》

赤橙黄绿青蓝紫，袁福珍尤其喜欢蓝。篡改一句话，即：
看蓝是蓝，看蓝不是蓝，看蓝还是蓝。

春风不问路？问什么？

问蓝。我以为问蓝，问那抹天上的蓝。

除了年龄，长伴袁福珍生命的同谋，应该数蓝了。蓝，
涌动在她的心海，洋溢在她的脸庞。一经落到纸面呢？便是
喷珠吐玉的诗歌。漫长岁月里，诗歌点缀了她，亦点染了她。
宛如花火，给她寒冷中的温暖、暗影中的明亮以及忧伤中的
欢愉。

一个人，专业是史学，爱好是文学，而工作接近哲学，

自然厚重了许多。歌德说："我们的生活就像旅行，思想是导游者，没有导游者，一切都会停止。目标会丧失，力量也会化为乌有。"袁福珍的诗歌理想，诸如"诗，是灵魂，升华着世界。诗，是精神，给人力量，给人希望"，朴素尽管朴素，客观上暗合了大师。另一位大师雪莱，似乎更动袁福珍的情肠——"冬天来了，春天还会远吗？"一句诗，让她格外喜欢春天了，她甚至别出心裁地称四季为：春天里的春天、春天里的夏天、春天里的秋天、春天里的冬天。

如斯，春天好迷人！下雨了，可以等待晴朗的那一刻；刮风了，可以祈盼和煦的那一刻。

生活何止春天？而诗歌里，节令与气象完全由人。从实招来，她更垂情于郭沫若、艾青、何其芳和郭小川、舒婷的调性，无论生活如意不如意，诗歌约等于牧歌，总是春意盎然。何其芳《生活是多么广阔》写道："生活是多么广阔，生活是海洋。凡是有生活的地方就有快乐和宝藏。去参加歌咏队，去演戏，去建设铁路，去做飞行师，去坐在实验室里，去写诗，去高山滑雪，去驾一只船颠簸在波涛上，去北极探险，去热带搜集植物，去带一个帐篷在星光下露宿。去过极寻常的日子，去在平凡的事物中睁大你的眼睛，去以自己的火点燃旁人的火，去以心发现心。生活多么广阔，生活又多么芬芳。凡是有生活的地方就有快乐和宝藏。"我之所以不厌其详地抄录，是因为这种亢奋的主题鼓舞人，同样也是袁福珍的诗歌底色和基调。美不胜收的生活，云追月，蝶恋花。灿烂的阳光下，她负责赞美，你只管随意。

何况，春风不问路！

用心来读读袁福珍《春意冰凌花》，亮相在2018年4月12日的《吉林日报·东北风》。面对面的倾诉，更自然亲切："寄你尺素一方／把冬的冷寞清场／借你亮眼一双／把肆意的冬雪添香／借你春光一缕／把山野的冰冷鲜亮／一抹金黄／一束小花／在春风中傲然挺立／在冰雪下迎春绽放／一树新妆／一片春香／探春语春／默默地把春绽放／冰凌花／寂寞地芬芳／冰凌花／坚毅果敢风情万种地／独占春光／冰凌花／迎春绽放——／没有蜂蝶／没有英皇／没有温室／只有料峭的风，丝丝春光！／冰凌花／从白雪中走来／从冰冷凛冽中萌生／在残草坚石间轻展／在疲惫的冬眠中娇艳／柔媚欲滴，冲破羁绊／款款真情，高尚内敛／静静思索，柔柔语焉／冰凌花，盛开／却动惊了四季岁月、苍穹和云天／冰凌花，从不忧伤／任凭风疾雨骤／任凭寂寥无觞／娇艳的花蕊、淡淡的花萼、短茎／和她的宫廷黄／圆了春梦／香了故乡／光辉了夜空中的月亮／冰凌花的品质／望山山生色／望水水流长／望天飞虹墙／望田野，四季凝聚芳香／冰凌花／明媚了我的梦／领航了岁月与希望……"怎么样？读上几句，则忍不住脱口而出了吧？虽然，诗歌中的个别字词重复，有待于斟酌，但会被谅解，会被忽略。单凭这一腔热血、这一脉清音，足可以使多情者心潮激荡了啊!

时势造英雄,也造诗人。我们这一代的青春记忆,不乏《雷锋之歌》《理想之歌》《石子之歌》的诗歌风范,包括《回延安》《西去列车的窗口》。澎湃着,澎湃着,即使物质匮缺,精神注定饱满。诗过了的祖国,诗过了的人民,诗过了的山川日月,屹立在世界的东方。1980 年 9 月,袁福珍入了高等学府,仿佛入了诗的天下,读诗、写诗、朗诵诗。逝水流年中,朦胧诗朦胧了万万千,现代诗现代了千千万。袁福珍却不,她依旧"春天的后面不是秋,何必为年龄发愁? 只要在秋霜里结好你的果子,又何必在春花面前害羞"那般畅达,畅达而痛快,痛痛快快!

学习郭小川,从皮毛到肌理,从肌理到骨髓,状写自然与生命的风景,以及风景里的风情,逐渐地,袁福珍形成了自己的准则,直接表达为:"诗,是历史与时代的缩影,也是诗人情怀与品质的展现。好的诗,都应该朗朗上口,兼顾听觉的需要。没有情感的诗,没有韵味的诗,只能摆出花架子。"《春风不问路》集结于春之天问、风之猎猎、心之丰韵、路之长情四个单元,比较充分地晒出了她的"诗功课",或曰"练习册"。

写诗并非下棋,字字(步步)见招,反而破坏了艺术。

正所谓:清风徐来,自带芳华。

袁福珍是个热爱生活的人,柴米油盐可期,日月星辰可梦。即便"黑夜给了我黑色的眼睛",终究"我却用它寻找光明"。许多年来,她逍遥于读书、书画、篆刻、集邮、摄影、旅游诸多美事中,而写诗一以贯之。有人写诗写到明处,有人写诗写到暗处,适得其所。乐观的袁福珍偶尔陷落了,譬如误会,譬如伤害,歌唱起来却永远那般昂扬,复昂扬。

日后,日后的日后,她想好好写长白山,好好写写松花江。

春风不问路,天生一抹蓝。

嘱序,完毕。

以荣为荣

关于《寻梦非洲》

在这个世界上，的确有一些夺人耳目的动物、植物、人物和事物，让我赞不绝口甚或想入非非。当然，我很愿意沉醉其中，并且引以为荣。

借《寻梦非洲》出版之际，姑且说说作者——王克荣。

云卷云舒的岁月里，克荣演绎了诸多角色：学生，军人，干部；儿子，丈夫，父亲……而今，克荣依然是瘦瘦高高的一身筋骨，依然是清清净净的一脸笑容。我对他的记忆，完全可以追溯到四十几年前的小学时代，虽说我们同级而不同班，但他叱咤风云的所为常常使全校的广大师生引为骄傲。我一直不忘他助人为乐的事迹，不忘那事迹是我妻子在四十几年前的一个下午写在路边黑板报上的，还插了图呢。后来我默无声息地转投别个中学，他却大张旗鼓地升入子弟中学，连续不断地做着班级、年级以及学校的学生代表，让芸芸男女须仰视才行。后来天赐良机，他又被择优录取而理所当然地成为解放军大熔炉里的一名士兵。然后升职，提干，然后带着一系列的光辉业绩转业……

我再度见到克荣，他已是一个大厂工会的干事了。事呢，越干越好，颇得赏识，遂被调入上级公司机关，直至安安稳稳地坐到了生产部部长的椅子上。我大学同学几易其位，转投他的部下。与同学闲聊，同学说，部长什么都好，就是跟他干活太累。克荣的认真与严谨，身边人都是领教过的，也都一笑了之，因为他没丝毫恶意。我把同学的感受转述给克荣，克荣笑呵呵的，不承认也不否认。我知道，什么事一旦成了习惯，只能顺其自然了，正所谓积习难改，是也！

对，克荣绝对是认真，绝对是严谨。如果说，多少年来，克荣拥有诸多的成就与光环，主要还是得益于他的认真与严谨。他当然聪明，但绝不马虎；他当然畅达，但绝不放纵。他喜欢的一个词叫"穿过"，细细品来，一个"穿"字，便是执拗的认真！便是执拗的严谨！

现在的克荣，是一名高级管理人员，属于核心层。按理，一般的事出个谋、划个策也就可以了，人前人后支个嘴儿呗。他不，他总要身体力行，再三再四地精益求精，以致大家在苦啊、累呀地叫喊之后，脸上终究露出幸福的快慰。事实上，我往往会在周六周日的无聊赖之时跟他通个电话，他往往会在岗位上思左思右或做这做那呢。克荣的命，属于劳作的。那次，我们结伴去访一位画家，遥远的路上唠得滋润，他忍不住说，以后退休了，没事就来我家里谈文学，多么快乐啊。我不知道回他什么才好，只知道他那一刻，内心盛开着花朵，绚丽而芬芳。

化工城，确实是很神秘、很神奇、很神圣的土地。不但生长工业，而且生长文学。兴许是故乡情结吧，我一个游子，无论风云怎么变幻，我都始终固执地关注着它，迷恋着它。作为从业二十几年的报纸编辑，我为他们出过不少专版、专栏、专稿。我的这种接近自作多情的做法，客观上注定为化工城的文化艺术增添了足够明艳的色彩，那么多文朋诗友，那么多小说、散文、散文诗、诗歌、摄影、美术……俱往矣，数风流人物，还看克荣！

克荣是笑呵呵地走来的。尽管他大而化之地《在心扉里定居》，笑呵呵地《穿过白桦林》，又笑呵呵地《寻梦非洲》。如此说来，克荣的生命是缺少重量了？恰恰相反，他遭遇了常人少有的艰险，而他微笑着；他克服了常人少有的困难，而他微笑着；他体会了常人少有的炎凉，而他微笑着；他咀嚼了常人少有的苦涩，而他微笑着。面对他，我有时会情不自禁地联想到沙漠上的胡杨树……

哦，克荣，穿过岁月，你以克为克！

哦，克荣，穿过岁月，我以荣为荣！

先读为敬

关于《朋友风一样》

马虎说来，我跟利君算是好友。然而，跟他的众多好友有别，我唯一看重的是他的作品。一篇篇作品如同一级级台阶，上上下下，月月年年，我由生出好感到喜欢，由喜欢到偏爱，由偏爱到玩味，由玩味到推介……

更形象也更准确的表达叫：爱屋及乌。

其实，我不太懂利君，没太想做利君的好友。煮字生涯，见"字"如面。他写，我编，自然是先读为敬。年轻的时候，自作多情，免不了探个究竟。中年相识，人是人，文是文！

而利君的文，介乎于小说和故事之间，介乎于纪实和报告之间。叫它散文吧？又少情思；叫它杂文吧？又欠锋芒。

不过，每次读下去，都觉着够味儿。如果就文说文，意义不很大，意趣不很小，见仁见智，悉听尊便。

他镜片后的那双眼睛，只管搜寻或捕捉！

不错，千古文章，无一定法，作者随心性，读者随雅兴。从前，利君孜孜以求，写下许多感怀，并且出版了《心在流浪》《行走美利坚》两部著作。俱往矣，而近些年的实践方显英雄本色。我不知道他是筹划的，还是即兴的，反正每一篇问世都有反响，有回应。诸如《跟我走吧》《近来还好吗》《昨晚没事吧》《现在阅读短信息》《给你看点儿高兴的》《同班女生今何在》《没意思的人儿有意思的事儿》《说了你也不信》《怎么不接电话呢》《再给你加一点儿》《谁付打车费》《你看我多大》《好长时间没聚了》《有些话还是见面再说》《朋友风一样》等，光看这些题目，就拽人眼光，欲穷人情世态。我呢，近水楼台，几乎是篇篇从头读到尾，几乎是次次春去春又回。

何止是我，我周围的不少人都对利君的作品感兴趣。他们或许以"文"取人，根本不关心利君为何方神仙。在一次编前会上，当我念出《陪不喝酒的女人吃饭》，立时引发哄堂大笑。第二天上午，好几位同事到我的办公室，纷纷为文章叫好。有兴致的人，不妨再找来读读。

"苦被春风勾引出，和葱和蒜卖街头。"利君不以作家自居，他只不过是跟文字亲，并想通过文字与大家交流体会。

什么体会呢？无外乎生活，活生生的人，活生生的事。很市井，很平常。闲着的时候，当品酒品茶了，确实有丝缕意蕴。当然，要是找大道理，找大出路，则会失望透顶，因为利君的视野里根本没那些玩意儿。他写乡情、亲情、友情和爱情，一枝一叶，一招一式，特寸儿，看好了则收，看不好则弃。

譬如，他的好些篇什，都源自独处、办事和再三再四的酒局。我的记忆里，只跟他办过两次事、喝过一次酒。所以，没法断定他的叙述真真假假。不过，他的本腔本调的叙述中流露出的是非曲直，却总是那么耐人寻味，那么引人入胜……

我甚至以为，利君有意无意的表达，逐步形成了一种曹氏文体。千八百字，一景一情，杯水风波，峰回路转。读者朋友怎么个领会随心境吧。我要说的是，有时，一朵花或许就是一个春天呢！

譬如隋然

关于《爱得起　放得下》

人生在世，有许多的得意和失意。得则得矣，失则失矣，或泰然，或蔼然……一旦收入回想，慢慢地，会闪烁出奇异的光辉。譬如隋然，当她在整理《爱得起　放得下》这本散文集的时候，一定能享受到内心的温暖与抚慰。她不说，我也知道。

最初，应该是 1988 年，我在一本杂志上看见了她。那本杂志的封二或者封三，刊发了她方方正正的照片，半身的，黑白的，很艺术的感觉。我当时不过二十七八岁，审美情趣高涨，何况她的简介写到她喜欢写诗和弹吉他。当然，这种片刻的认与识，完全是自作多情，便也没能持续。事实上，我欣赏任何与我无关的美女，娱乐自家而已，随风飘逝。

两年后吧，我去参加松花湖散文诗笔会。正与人聊着呢，文友领进来一位作者，介绍她叫隋然，为了见我才请假赴会的。大家都在场，我客气两句，继续聊天。

笔会期间，我们有机会长谈了。确切地说，是她在有些机会里声声断断地讲述了自己的身世与经历，特别是写作。我被感动着，并且提示她，以后多写散文。

以后的隋然，就常常将散文寄到我的名下。伴着年龄的增长，隋然的散文日臻好境，渐成气象。正是梦想的花期，她却学我似的一派持重。她不绘山，不描水，不吟风，不弄月，笔下一片又一片的乡情、亲情、友情和爱情。而且，每一种情都浸泡着心灵，写那些看不见但却可感可知、可出可入的心灵的风景。好篇什呢，则帮她发表出来，以资鼓励。尚欠缺的，留在我手头，得机会再点拨她，教育她。

她很信赖我，由写作到工作，由生存到生活。我也说不清，我为什么会对她如此用心。每次见面，差不多还得搭上一顿饭钱（窃笑）。后来，她好多了，事理渐进明白，收入渐进提高。可惜，彼此却淡淡如水，无缘分了似的。曾经赴过她的小宴，淡来淡去，不知何种滋味！

怪谁呢？要怪，只能怪岁月了。

后来的十年，隋然基本上就不写作了；不写作的十年，隋然基本上就不联系我了。对于一个女性而言，这样倒是挺好。她可以一心一意地相夫教子，一心一意地工作生活。散文界有个王英琦，搁笔十年，除了衣食住行，专事武功修炼，身手已经了得。隋然曾经迷恋王氏散文，且以其为榜样，摸索自己的出路。那么，十年里，她们各行其是，是否衍生出异曲同工之妙呢？我不得而知。

一次，我心血来潮与她会晤，见她的衣装、发式、举止、言谈跟从前大相径庭，十足的书女。脸，还是那张脸。散文的脸，即真情。私下里便想，要是她继续写散文，会呈现大境的。但我没有怂恿她，人生一世，草木一秋，天下多少好事，德在福在，何必孜孜矻矻，专解散文的扣儿呢？字里不刨食，秋心拆两半。

倒是隋然自己，突然在电话里说，把新写的几篇散文传到我的电子邮箱了。我看过后，卖乖似的选发在我主编的周刊上。她不满足，非要我指点一二不可。指点什么呀？好散文占一条就够，要么思想，要么经历，要么理趣，要么情意，要么语言，要么……她几乎都占着，还让我拿什么哄她开心啊？

大师王国维有段接近真理的话转送给她吧——古之成大事大学问者，必经过三种境界：昨夜西风凋碧树，独上高楼，望尽天涯路；衣带渐宽终不悔，为伊消得人憔悴；众里寻他千百度，蓦然回首，那人却在灯火阑珊处。

写散文，不过如此！

顺便提一句，隋然的散文不搞名堂，不玩花活儿，认准的事理，一路探下去，是油是水，只能看造化了。她强调，过去写作是瑰丽的梦想，现在写作是纯粹的喜欢。既然她"爱得起放得下"，旁人如我，夫复何言？

奢华梦

关于《心空无际》

天下朱军，何止百千；吉人朱军，诗词唯尊。

有一些场合，我可能是见过朱军的。毕竟他曾经供职于《关东周报》，与我同在一个大楼办公。或许，更可能的情形是，擦肩而过，随风而逝，桥依旧归桥，路依旧归路。

去年秋天的一个晚宴上，经朋友牵手，我和他终于坐在了一起。作为主人，朱军酒喝得少，话却说得多，其情也真，其意也挚。我喜欢真挚，对他便刮目相看。后来的交往中，我越发庆幸彼此间的情来意去……

时光匆匆，日子留痕。朱军把自己的日子集结起来，竟然成就了一本诗词著作，名曰《心空无际》。人的心空或寥廓或逼仄，或晴朗或阴郁，不一而足。他强调"无际"，我以为是追求、是希冀，是个体生命的大化之境，却原来他宁愿"坡坎万千等闲过"，方得"地阔天远任纵横"。失礼！失敬！

今人写旧体诗词，最有历史价值和文化气度的当数毛泽东。他老人家一生不过抒写几十首诗词，曾经影响了全中国甚至全世界。朱军的诗词中，论人生，说世象，咏四季，砭时弊，览神州，秀河山……那些诗情的贯注和画意的安顿随一时心性，但依然不难看出伟人思想对他的影响普照。比如他的乐观与达观，他的热情与激情，时隐，时现，一代伟人，一代文风，早已深入其骨髓了。

朱军生在养在"八百里瀚海"的深处。乡下的风土人情，造就了他锲而不舍、百折不回的性格。后来，他不懈地努力，考取了白城师专（现为白城师院）。毕业呢，进入教育机关，完全能够过上小康的日子了。可是，他不满足，不守望，居然放弃了令人垂涎的要职，只身远赴京城，到中国新闻学院进修两年。之后，在白城、省城、京城之间，寻求发展机遇。直至与《关东周报》签约，成了驻京工作站站长。这样一个角色，则不单单是采访写稿那般轻省。起五更，爬半夜，忙得头头是道，活得津津有味，也为他日后寻找人生新突破提供了平台。岂料《关东周报》忽然停刊，断了他的一个梦想。

这，就是命。认不认随他！

朱军在驾驭人生与命运之舟的重要关口，化危为机，为自己开启新的人生坐标航道。后来，他受恩于一位如兄般领导的器重赏识，做了几年白城市政府驻京办主任，经受历练。再后，时来运转，他欣欣然如愿以偿，回归教育圣殿，从事高校毕业生就业指导工作。其实，他不求做官只求做事。本职上，鞠躬尽瘁，不亦乐乎？再一乐呢，就是向来不肯停息的写作。写不了新闻，便写诗文。于是，工作之余，呕心沥血，先是再版了文集《心灵的倾诉》，转眼又将出版《心空无际》。设想，如果不是文字的梦想有始无终地罩着他，朱军不会在紧张忙碌的工作之外，将本应随意潇洒支配的闲暇时间，用于吟诗弄赋吧？

作为他可以信赖的朋友，我有幸看到了他的全部原稿。果然是，登山则情满于山，观海则情溢于海。尤其那首《书斋》，揽镜自照，叩动心扉——"平生不恋奢华梦，秋去春来伴书眠""腹纳诗卷乾坤阔，书海信步万里天"。

朱军作诗填词，师古而不泥古。李白的放达、杜甫的沉郁，都在对山水的状写和世事的梳理当中。再早的屈原上下求索，直问苍天；再晚的龚自珍满腹忧患，直劝苍天。我看朱军的诗词，效法前贤，心生旁骛，逐渐逐渐地，便做足了"小"的功夫，一草一木，一景一情，一人一事，一知一志。

乐于为序。

向塞北致敬

关于《笑脸》

在我的头脑里，塞北不是一个地域概念，而是具体到一个人。塞北是他的名，王是他的姓。如果填写正式的表格，当然是王塞北了。

我没见他本人之前，就叫他塞北。他的新闻照片，经常亮相于省内外大报小报，我是在阅读的时候顺便记住的。塞北太好记了，因为一首歌，因为雪，人们习惯性地抛弃了姓而保留了名，都叫他塞北。

就是这个塞北，1992年从部队转业到报社，大模大样地做起了记者。他搞摄影，我搞文字，同志不同事，彼此混个脸熟，在走廊内或饭堂里见面，笑脸取代招呼的时候居多。

直觉告诉我，他挺厚道的！

挺厚道的人都挺吃苦耐劳的。在岗的二十年里，他拍发了多少照片恐怕连他自己也说不清楚。一天天单幅或数幅占领着报纸版面，让"塞北"真的像雪一样飘到了受众的眼前和心头。塞北似乎惯坏了喜欢他的受众，读者在报上看不到塞北照片，免不了丝丝缕缕的不适应。到今天，他退休已过两年，还有读者追问，塞北哪儿去了？

我跟塞北由同志转化为朋友，实际上跟我的前任主编孟令哉有关。他们一起去延边采访，塞北忽上忽下、忽左忽右的吃苦耐劳形象再三再四地触动了孟令哉。我呢，是从孟令哉的讲述中认识塞北的，内心油然生发一种敬意。后来，偶尔去摄影部走动，增进了彼此的感情。既然朋友了，有事就主动麻烦他，他竟没一次搪塞，包括我需要的废旧电池……

我觉得塞北的片子拍得好，绕开技术，主要依靠他的心境与眼光。万万千千发表的作品中不乏经典，都收在他的这本集子里，恕不一一举例说明了。好作品是过目不忘，以致情怀激荡，以致穿透岁月。笑脸，是塞北摄影的主题，也是塞北回赠生活的态度与方式。从这一点说，塞北比一般的摄影记者幸运，也幸福！

塞北当年的军装照，英气逼人；还有旁边那个我没见过面的嫂子，媚气袭人。我看过许多军人题材的小说和电视剧，有时会下意识地联想到塞北夫妻。依我的了解，尽管塞北脱掉军装的时间年复一年，已近苍茫，但他骨子里还是军人的成分更多，他做事快风快雨，说话快言快语，喜怒哀乐都军人化，简单而明确，连失望都是短暂的。

不过，别人求他时，他往往呈示的却是一种莫名的温柔。有两件事情，充分体现了他对我的"温柔"：一是在他退休之前，送我装框的摄影作品表达情意；一是在他退休之后，听说我女儿举办新婚答谢宴，他亲自到现场表达心意。

做记者久了，很容易迷失自己，也很容易找回自己，都因为生活。许多年来，塞北躲在镜头的后面，抓拍远远近近、深深浅浅、形形色色、苦苦甜甜的生活，给昨天、给今天、给明天，一片冰心在玉壶。留下来的，终究是一个快活的自己，离以实为实的记者渐行渐远了。

这回，塞北要把萃中选萃的摄影作品集于一册，嘱我为之作序，我立马应允了。其实，不知道怎样的文字才能够胜任我对他的由浅入深的看重与尊重。

此刻，我更愿意像军人一样，向塞北敬礼！

一个作家和他的一些作品

关于《流动的思绪》

　　从形象上看，宝吉应该去做篮球健将；从声音上看，宝吉应该去做歌唱明星。然而，宝吉既没有屈从于体育，也没有屈从于文艺。三十几年前，我跟他住在一个街道，知道宝吉是这个街道十分出色的高中生。那时候，我偶尔会看到他的身影，以及笑容。高个子的宝吉，首先是以身影示人，有没有笑容，那要看他的心情。

　　彼此，无话可说。

　　年轻的我们，好像开口挺难！

　　大学毕业，我分配到吉林日报社，做副刊编辑。就编辑而言，作者是第一位的。吉林市的作者，数着数着，就数到了宝吉。宝吉当时写诗，是春风得意、草长莺飞的那种。学妹佟燕告诉我，她跟宝吉同在吉化九中供职。宝吉称得上红色少年，再经过师范锻造，育人教书一定出色。不过，我跟宝吉相见，他已经坐上了《吉化报》副刊编辑的椅子。

居然成了同行！

同行的我们，又同样由诗扩展到散文诗、散文、报告文学、文艺评论等多个领域。创作虽未如日中天，彼此的友谊却如山间溪水，涓涓流成一脉，流向平缓、辽阔的海洋……

其实，我跟宝吉相识相知三十余年，很少在一起谈创作。技巧，谈起来是可笑的。肤浅的技巧，根本载不动思想与情感，不如自我摸索、自我完善。至于学识与见识、趣味与品味、文界与境界，也是个人的造化，说不清亦道不明，依靠生命的历练吧。

这本《流动的思绪》，挚挚切切，还是让我看出了宝吉的宝贵。所谓宝贵，就是难得，难得宝吉的一片冰心。无论他在回首，还是他在放步，抑或他在感受，都深深地倾注着自己的全部热情。他对山水的踏访、对岁月的沉潜、对人物的怀想、对事物的迷恋……不一而足，始终保持着宝贵的体会。体会，是一种心知肚明，甚至是一种莫可言传。用文字表达，已经是很被动、很无奈的行为了。

因而，面对宝吉的散文随笔，我更愿意体会，不声不响地体会。

宝吉是个动之于心、喜形于色的作家，风雨雷电，依然能把目力所及的一切浸泡在满腔热忱的幻觉中，去料理，去抒发，这本身就表明了他的开阔与豁达。许多人，包括我在内，应该学习和借助他的这种热忱，活得更轻松些，更从容些。

《流动的思绪》飘飘忽忽，浓浓淡淡，炫的不是情景，而是情怀。思绪到哪儿，哪儿就生发意趣，这不是一般的意趣。随着宝吉的笔触，我迷迷离离，进入他指引的"星星河""云水洞""红海滩""五彩池""九曲溪"……虚虚实实中，便不知自己身在何处了。这，是宝吉赏赐的沉醉，算不算是人生好境呢？

作为一个男人，宝吉是粗放的；而作为一个文人，宝吉又是细致的。粗放做人，细致作诗作文，日子便凝成了岁月。我每次见到他，都能听到他的笑声，他没有苦恼吗？这一次，我试图在他的作品里搜寻，亦是枉然，他笔下的世界阳光明媚，繁花似锦，永远是那么一种诗情画意。可能是与年龄相关吧，我更加重视超拔、空灵、克制的篇什，譬如《随笔十章》，呈现一派人文气象，有情，有义，有理，有趣。

我跟宝吉的经历近似，免不了会想，如果宝吉工作之余，不去写作，肯定会做出许多让妻子满意、让女儿开心的成就。可他偏偏选择了文字，写稿发稿，自得其乐。是啊，乐山乐水，乐人乐物，一乐便乐到鬓发花白。好在，有那么多的作品陪伴他，有那么多的梦想缭绕他，或沉实，或飘逸，不断地演绎着他的得意与失意。哦，他失意过吗？

岁月不饶人，许多体育明星和文艺明星，曾经绚丽，却是过眼风云。宝吉不，写作的宝吉顺着《流动的思绪》走来，笑呵呵地，春去春又来。

长亭外，古道边，芳草碧连天。晚风拂柳笛声残，夕阳山外山。天之涯，地之角，知交半零落。一瓢浊酒尽余欢，今宵别梦寒。

最初，我是从影片《城南旧事》中听到这首歌的，喜欢了三十余年。此刻，唱给我喜欢的宝吉，他那边有感应吗？来啊，一起唱……

朝向幸福的彼岸

关于《彩色的波浪》

人生一世，是要追求幸福的。然而，幸福没有固定的概念，全在个人的感觉。或者说在天边，或者说在眼前，或者说……在哪里都不重要，重要的是追求的过程！

我与家忠相识已晚，难说他对幸福的结论。只是看过他这本《彩色的波浪》诗集，忽然发现莫衷一是的幸福，流溢在他的字里行间，很陶醉的样子。这让我很羡慕，我也在诗坛耕耘了一二十年，却似乎没得到过这般的享受。对，是幸福的享受。

最初，摆在我面前的是他的两首诗歌。我编辑报纸副刊年深月久了，一般的文字得过且过，没什么惊喜可言。可是，家忠的自然来稿，还是牵动了我的目光，不仅让我读下去了，而且主动给他打了电话。我好像说，诗写得挺好的，以后要继续写。类似的话，我已经很少对作者说了，作者层出不穷，我说了一些年，就没了兴致。现在想来，恐怕是家忠的诗情画意给了我感染，抑或是他的一两句诗触发了我沉寂许久的神经，完全属于诗的神经。

很快地，家忠来报社看我了。他的衣着、发式，甚至笑貌，太机关化了，这多少让我有些意外、失望。我私下里以为，家忠一定是个好干部，却不一定是个好诗人。那天我们依旧谈诗，究竟诗里诗外谈了什么，我无从记起了，至今占据我头脑的是他坚定的信念、勤奋的耕耘、诚恳的态度、畅达的声音和缓慢的语速，以及后来的淡水之交，而已吧。

直到家忠接近兴奋地告诉我，他要出一本诗集，并且邀我为他序一纸文字，我才认认真真地审阅了他的全部诗稿。却发现，原来一个朴实厚重的家忠，内心始终燃烧着烫人的诗情，二十余载矣！

如此多的日子，集结成一段不是太短的人生岁月，都被家忠浸泡在诗里了呵。不错，这是一种幸福的浸泡，一种浸泡的幸福。何况他"一旦投进烈火的怀抱/必然吞吐出万丈火舌"，何况他"点燃多少篝火/留在心底的/还是那美好的生活"……他写蓝天、写故土、写回忆、写向往、写得失、写成败……都是情真意切、出神入化，随着他的思绪飘向另一个更高更远的境界，让读者坐享其成。他把那个境界叫作"彩色的波浪"，自己却是那纵横驰骋的冲浪人，很逍遥、很沉醉的冲浪人，朝向幸福的彼岸……

也许家忠的诗是简单的，但简单中却透露着复杂；也许家忠的诗是浅显的，但浅显中却蕴含着深邃。其实，简单与复杂，浅显与深邃，相对而言，因人而异。对家忠来说，在漫长的岁月里，能够不断地赋予一草、一木、一人、一物以纯净的诗情，这就是幸福了，还要什么？

以一个诗友的名义，向家忠贺喜！

时光里的王罡

关于《心底葱郁》

吉林日报社好，成全了许多美事，譬如培光与王罡的情义。他 1983 年 7 月前脚进，我 1984 年 7 月后脚跟。这一进一跟，由陌生到熟悉，由同事到朋友。不过，似乎他比我急切，似乎我比他真切。他早早地叫我弟了，我早早地叫他兄了。同一个时空，很容易构建和演绎那些人为的故事，彼此未曾辜负。

王罡不寻常，连样貌、连声音、连身来影去都不寻常。做记者，他做得风生水起；做编辑，他做得活色生香。单位里开联欢会，他一曲低沉而悠远的《嘎达梅林》醉了我。"南方飞来的小鸿雁啊，不落长江不呀不起飞……"从此入驻了我的脑海。后来，1994年的后来，好情好境的王罡，赠给吉林日报社一个更不寻常的离别。奈他何？奈他何！人留不住人，犹如时光留不住时光。幸好，幸好王罡的梦想在，一直都在。

我只有从他的文字里，追逐他。

再次见到王罡，居然十几年后了。他在报社院门外打电话，我下楼迎接，两只手紧紧握住。他说，太多熟人，就不进去了。我连连点头，示意我懂。且慢，我懂吗？目送他离开的时候，油然冒出"我们只有过去和未来，没有现在"那句话。什么呀？哪儿跟哪儿呀？谁跟谁呀？

时光机倒回王罡的童年与少年。借他的画外音，大致是：

> 我家住在长影大院，隔壁邻居是《冰山上的来客》导演赵心水，对门是《英雄儿女》导演武兆堤，再往里有著名演员李亚林、孙敖、张圆和著名编剧韦连成等。我父亲是电影美术设计师。在"文革"那个年代，读书要偷偷摸摸的。我们几个小伙伴分工协作，我从家里偷出画报，其他的几位，有的偷出小说，有的偷出剧本，还有的偷出杂志，《人民文学》《收获》等杂志。《水浒传》《红楼梦》《苦菜花》《钢铁是怎样炼成的》《青春》《普希金诗歌选集》，我都是那个时候读完的……

以我度他，爱是一种瘾，戒不掉的一种瘾。

很想追问文学的王罡。

素来少见面，发乎问候，止乎寒暄，往往临风不把酒。酒外的话是话，竟自积压着，总以为来日方长。他或忙他的高度，我或忙我的深度，高深不高深，没什么所谓了。名利树上秋声赋，还我们一些个"人间草木"和"人生在世"，无非放步之际，无非放目之遇。得过且过，细节里的清透与晶莹，闪烁着多么不肯老去的此刻或彼刻。

毕竟"心底葱郁"！

当然，把万家灯火写到天上宫阙，把柴米油盐写到日月星辰，确实需要本事。目前的王罡，着力于息息相关的人、物、景、情的新发现与新唤醒，薰薰兮，欣欣然，哪怕得一丝丝的禅理、一丢丢的机趣，他也就心满意足了。东山魁夷曾经委婉地教导——"心灵的泉水告诫我：要谦虚，要朴素，要舍弃清高和偏执"。我眼里的王罡，话少，声缓，笑脸盈盈，手抓一大把文字，接近谦虚而朴素的典范呢！

从"铁肩担道义"的记者到"妙手著文章"的作家，四十来年的兜转颠踬，兑换出一个举重若轻的王罡。他没有伤吗？他没有痛吗？他没有伤痛吗？抑或时光给了他疗伤疗痛的魔法？心底依然葱郁，点染着意兴遄飞的生命。昨夜星辰昨夜风，朱自清的风，孙犁的风，汪曾祺的风。恍然若梦，王罡几乎成为"追风的少年"了。对，吟味他言近旨远的调性，是松弛而非松懈，更不是懈怠。

那天，我用音乐软件倾听《嘎达梅林》，一遍又一遍。时隐时现的王罡，且量变，且质变，虚实两相宜了。半是形而上，半是形而下。虚以虚，实以实，尽在我的猜想中。王罡啊王罡，轮到我们"壶中日月长"了吧？你尽管说你的鲜衣怒马，我尽管说我的山高水长。将心比心，1985年秋，你在《北方信息报》上为我编发的那组"上海见闻录"，有没有印象了？记得不记得？

晚近几个冬天，赶在雪花光临前，王罡都候鸟一样地飞向海南，落巢于期冀了。那里的阳光、沙滩、椰子树以及使人垂涎的水果干果，宛如情人哺育他。春暖花开时，重返岗位想必精神抖擞了。往后，再往后，时光会更热爱他吧？而我，我所关注的始终是他灵魂深处的文学梦。美意同怀，谓之曰：春风大雅能容物，秋水文章不染尘。

人活着，由着时光来，不服气也得服气。不是吗？时光养人。人好，文更好；文好，人更好。

说王罡呢！

谨此，他投之以文，我报之以序。

写自己

关于《岁月有痕》

　　在我众多的文友中，志宽属于比较特别的一位。场面上，能少说话就尽量少说话，能不说话就尽量不说话。这样的角色，很容易被忽略。我知道志宽的底细，想忽略也忽略不了。某些时候，亦即我读书或写作的某些时候，他会莫名其妙地出现在脑海。依旧没什么话说，依旧笑模笑样地看我。

　　或许，当官人当得腻了，当商人当得烦了，腻烦之中乃至腻烦之后，志宽挖空心思，执意当一介文人。文人身比草木孤单，心比草木孤独，还不免诸多事的犯傻犯浑。即便如此，志宽倾情如注，一篇一篇地炮制锦绣文章，给亲人读，给友人读，给报刊的编辑大人读。谁读出精髓，道给他，他则一脸愉悦，及幸福。

《岁月有痕》便是志宽的集于一册的"岁月有痕"。读者跟着去，自会与他的那些故人往事撞个满怀。父亲、母亲、柴叔、慕寒、壮壮、小胖及数也数不清的牌友，老宅、大黄、野菜、桂花、杨梅酒、故乡月及哈拉巴山。最深挚的，是那些个形形色色的、苦苦甜甜的、揽镜自照的他……笔到意现，心到佛知。有好事者把天底下的事一分为三：自己的事、别人的事、老天的事。志宽笼而统之，全部付诸意犹未尽的文章里了。

我格外喜欢的内容，选录三段——

"相对于人生，命运不过是旅途中的一段插曲，很多时候我们连自己的命运都驾驭不了，又怎能左右得了别人。与生活和解，与命运和解，顺其自然，不失为一种诚实的人生态度。"

"文学家善用笔墨记录岁月，普通人只能把沧桑埋进心底。"

"生活本身就是没有返场的演出，别人在给自己当配角的时候，自己也在给别人当配角，红花也好，绿叶也好，都是自己命里的缘分。"

中年人了，已经不屑于用缤纷色彩来描绘世界了。哪怕简单一些，甚至直接一些，也要更加明确地表达出风雨雷电的生命与生机、生活与生趣。

志宽很想把文章写好，也常与我沟通。我希望我的经验，能够给他些许的触动或提示，不敢说是教诲。我也倾向那种"形不散，神不散，心散"的创作理念，并愿与他共勉。心散，即是放下心来，信马由缰吧，失控了才好！

志宽写文章，确实"散"得不讲规矩。他的本意呢，也不过是"自己写，写自己"。在这个宣言里，我其实看到了他的题材和文法，带着明显的自作主张。进一步说，文章如果没有或者缺乏主张，写它干吗呀？山有山的高度，水有水的深度，随着山水去，处处风光处处好，文人的纵情与恣意全在里面了。

对，写自己。写自己的经历、感受、情怀、趣味，一路写下去多么幸运。作为志宽的亲人、朋友、同事、伙伴，一样幸运。为什么不呢？那些死去的人，那些活着的人，在他的文章里被怀想、被眷恋、被温暖、被永生永世，多么难得，多么荣耀……

我与志宽相识多年，知道他是一个冷色的文人。通常情况下，他似乎习惯于静静地听旁人说话，而把思想与情愫更多地托付给了《岁月有痕》。

文章千古事，兴奋在他的手里呢！

是为序。

热爱散文

关于《暗送幽香》

报社从市区迁址市郊，好处之一是落得个清静。当然，属于相对的清静。我编副刊，来稿与来人后浪推前浪。富可敌我的半壁江山，远远近近没断了登门造访的身影。金范一介茶客，借旧雨吉言，入新知队伍。我称其为茶客，或轻或重，轻重全在里头了。初次见到我，他汗津津翻出满兜子茶，一一细数特色。可惜，我向例疏于茶事，再物美再价廉，始终动嘴脸不动心思。两年后的 2008 年 3 月 27 日，我在版面上刊发金范处女作《茶说》。他取样报时春风荡漾，忽略了我久存的些许的愧疚。

茶有茶经，文有文道。

嗯，就生活而言，金范不具备弃茶从文的资格，差得远哩！孰料想，他很快就不再四下里兜售了。为什么呢？我没好意思问。每次到我办公室，不空手，要么是诗，要么是文，诗文似乎成了主业。他反复强调，发不发表无所谓，请我给予指导。看他那憨憨实实、诚诚恳恳、热热切切的样貌，我不忍心敷衍，往往传授二三。他不住地点头，不断地写作，我明里暗里助力，及祝福。一晃十几年过去了，烟火金范烟火心，柴米油盐，风霜雨雪，汇集成《暗送幽香》。之于他，胜似富贵荣华呢！

生下来，活下去，谓之生活。纷繁的生活中，行可行之事，迷可迷之事，则沉入幸福了。海子渴望幸福："从明天起，做一个幸福的人／喂马，劈柴，周游世界／从明天起，关心粮食和蔬菜／我有一所房子，面朝大海，春暖花开"。畅达吗？畅达里夹杂着沉郁；幽默吗？幽默里透射着辛酸。生命朴素的基点，熠熠烁烁，至死一场空梦。金范不求那么深，借浮光借掠影，宣示一己的感受、感慨与感想，让生活寄放或寄望在生活中，放则放，收则收，足够痛快了。

尽管，有一些琐碎；尽管，有一些平庸。

"十步之泽，必有香草。"与其说金范热爱散文，毋宁说金范热爱生活。抛开题材，抛开手法，尽情地顺从生活的纹理与气象，以调适理所当然的心态与文字。客观上，也恰好应和了那种古腔古调：人有一癖，可养深情。哦，深情如海，深深的海洋。这里，请允许我替金范换一种表达方式：生活投我以木瓜，我要报生活以琼琚。我承认，我对他的作品有些计较，甚至有些挑剔，但我未曾警示他"你已偏航，需要重新规划路线"。行大路，走小径，由着他去吧！不可以吗？我的意思是，倘若一个人热爱风，别给他指示雨；倘若一个人热爱雨，别给他指示风。风风雨雨，自在为要，哪怕迷失再迷失。

一颗心，迷失于散文，生活反而充盈了。无处不在的事理，无微不至的情义，唤醒了这一个或那一个金范，成全了这一篇或那一篇散文。一字字，一句句，呕心沥血，水涨船高。漫道"不历尘埃三伏热"，漫道"孰知风露九秋凉"，金范熙攘之余，与散文缠绻，感觉无比美好，抑或美好无比了。

美好，且美妙，一地鸡毛兴许幻化出满天彩霞。太夸张了吧？不。怎样的生活不是生活？哪里的生活不是生活？一棵树活一棵树的气韵，一棵草活一棵草的气息，逍遥中，了无憾意。我从前习惯点染别人，现在习惯别人点染我，与年龄有关吧？《暗送幽香》宛如一面镜子，照小，照大，照小大；照虚，照实，照虚实。

热爱是最好的老师，大有作为。金范粗人一个，粗中有细，便有戏。不过，热爱任凭热爱，散文里外，里外散文，也还是差些意思呢！

什么呢？

自己想。

姑且为序。

折一朵"幸福"放在手里

关于《幸福你陪着我》

我首先想说，幸福是没有概念的，全在一个人的感受。无论男人或者女人，谁能握住那"幸福的闪电"，谁就能感受幸福。而且，幸福因人而异，因事而异。具体到一个人、一件事上，显现为头不是幸福，思想是幸福；床不是幸福，睡眠是幸福……

谷淑清在把付梓之前的诗集小样交给我的时候，只说请我过目。我呢，实来实去，过过目便也丢在杂乱的办公桌上。之后，她来电话询问，我又想起它和它的主人，于是轻描淡写地"指教二三"——好在诗境清雅，诗味浓郁；不好在情绪太满，语意太虚。好与不好间，仍是一个审美取向的问题！

她"呵呵"了片刻，撂了电话。我"呵呵"了片刻，也撂了电话。没过多久，她突然打来电话说，诗集将要出版，想把我的那些话排在前面，做序言吧。这回，我几近麻木的神经被她的诚挚"碰痛"了。

只有细读，细读她的文字世界。

和许多女人一样，幸福成了小谷上下求索的原动力。不同的是，许多女人对幸福的领会是理所当然的衣食住行，俗便俗吧，足以喜形于色了。小谷不，衣食住行固然重要，但更重要的是灵魂归宿。用她的话说，就是"折一枝花放在手里"。所以，她才柔情蜜意地、苦思冥想地、执迷不悟地、自怜自爱地要"幸福你陪着我"。她写道："一个人的时候 / 很寂寞，但不孤独""我曾用这个名字真心地爱过一个人 / 一路走来 / 没有回音""给我一个开始 / 然后漂亮转身""探索的年度 / 一步比一步逼近 / 一伞雨 / 走过春夏""我相信 / 有虚伪的面具，绝不会有虚伪的爱情"……

毋庸讳言，海子经过困苦的生活，终于觉悟："从明天起，做一个幸福的人 / 喂马，劈柴，周游世界 / 从明天起，关心粮食和蔬菜 / 我有一所房子，面朝大海，春暖花开"。其实，幸福无处不在，何必天涯海角地寻求？小谷理解的幸福跟海子理解的幸福异曲同工，很近亦很远，很物质亦很精神。我固执地以为，如果一个女人，仅仅有形式上的衣食住行，则没内容了。没有内容的女人，灵魂里无声无息，漫说情怀，连笑都是空荡荡的。

作为诗人的小谷，也许过于痴迷，过于梦幻，我却切切实实地感受到她比那些艳若桃花的女性抑或心如止水的女性更有重量。对，生命的重量！都是普通的事物，她却参透出非常的事理，多了一份疼痛与抚摸、迷离与张望、沮丧与期待、承载与洗涤，因而我有理由认定她是一个幸福的女人，这里愿意向她看齐！

郭迪婵：带露的玫瑰

关于《玫瑰玫瑰玫瑰灰》

在庞大的花族中，我还是喜欢玫瑰的。玫瑰的艳，玫瑰的香，都是其他花种所不能替代的。最初是什么人把它视作爱情象征的呢？不愧为伟大的发现！

我在品读郭迪婵的《玫瑰玫瑰玫瑰灰》之后，首先想到玫瑰。而且，这朵玫瑰挺鲜丽、挺馥郁、挺迷人。说它鲜丽，是因为它带露；说它馥郁，是因为它痴情；说它迷人，是因为它摇曳。一本书，能让我如此紧密地想一种花，《玫瑰玫瑰玫瑰灰》自然不太寻常。

花有花语，人有人情；花语好解，人情难诉。

人情里的爱情，苦苦甜甜，生死一曲无尽的歌。

我与作者只是一面之识，她先是打来电话，然后叩我办公室的门。有事吗？没事。有事直说，她忽然拿出一本诗文书稿，请我给她写序。人届中年，我已经不乱说话了，何况面对一个陌生的脸孔，便婉然相拒。我说我是编辑，可以帮你发些作品，至于序，还是请名家吧。她说不，坚持让我看看她的东西，一下子摧垮了我的鬼把戏。

　　她离去几天，打来隔山隔水的电话，其诚可见。我再推托就装大了，便开始细细阅读她的诗文。

　　作为一个女性，三十五岁正是风光旖旎、风姿绰约的季节，而她从小到大一直琴棋书画地操持着，加之天南海北地闯荡着，得亦得哉，失亦失哉，其本身得得失失的经历就是绵长的电影或者电视剧。或许，她在默默地积累着，当她真的把生活嚼出滋味了，她会脱手而出。

　　我所看到的只是一个片面，片面到仅仅是一个女性由表及里、由浅入深的爱情，那种玫瑰花似的爱情。爱恋之情，自然包括着相识、相知、相许、相别、相思、相怨等两两相对的全部意义。作者也不例外，在她漂泊的岁月里，很多事情、很多心情都是与爱难解难分的。你说甜蜜，她说苦涩；你说苦涩，她说甜蜜。苦苦甜甜，构建了她的这一段不算很短的年华，构成了她的这一本不算很浅的《玫瑰玫瑰玫瑰灰》。

　　爱情是上天赐给人类的果实。作者在享受这颗果实的时候，却百感交集。她有最初对爱情的渴望、得到爱情的欢愉、失去爱情的怅惘以及慰藉、兴奋、无奈、犹豫、迟疑、落寞、猜测、探询、抱怨、惦念、痛苦、愧疚、孤独、焦虑、郁闷、误解、酸楚、害怕、摩擦、期待、安抚、责备、赞叹、喜悦……应有尽有，此伏彼起，纠缠了她整个的青春岁月，除了爱情，还是爱情！

《玫瑰玫瑰玫瑰灰》的主题更多的是对爱情的向往与沉醉、守望与回味。当然，这都是很美好的。只是在这些美好的爱情中一次又一次地渗透着凄苦与伤害。久而久之，带露的玫瑰成了带泪的玫瑰，诸如《爱情经不起等待》《我的泪划不过你的心》《让我如何去化解》《我好怕》等，看起来依旧动人，品起来却又那么苦不堪言。站在今天的临界线上，再想那些爱情的往事，说不清也道不明，只能凝结这一朵玫瑰，供他人欣赏。

她说"除了爱情的感觉，她一无所有"；她说"不要你对我太好，也不要你对我太不好，只要你一点点好"；她说"今天是我的生日，我却没有一只白鸽可放，青春被偷走了一半，心旷得发慌"；她说"我多想伏在你的肩头失声痛哭，告诉你我的艰难我的凄苦我的辛酸，告诉你我活得好苦活得好累活得好痛"……这样的诉说，痴痴缠缠，无尽之中成全了一个相思型的女子。

比较而言，作者的诗歌却相应圆满，诗意上和诗旨上都

有些令人垂涎。我以为本书中的诗歌，首首可读，尤其是
《心事》《飞鸟》《云》《遇后》《初恋》《等待》《我真想》等，
想必是早期的一些习作，换言之，想必是早期的一些爱情，
真心多于技法，甜蜜多于苦涩，清清亮亮，自自然然，充满
着对爱情的追逐和赞美。谁没有年轻过呢？谁的爱情在最初
不是这般诱人呢？只是生活如同流水，深深浅浅，急急缓缓，
不管你是哪路神仙。世上有言水推船移岸不移，或者船不靠
岸岸靠船，作者也是凡人，由着生活去吧……

即便如此，我读完了《玫瑰玫瑰玫瑰灰》这本书稿时，
还是觉得它是一朵玫瑰，一朵带露的玫瑰。眼前迷离，看不
大准，也许是一朵带泪的玫瑰。

我呢？原来不想乱说，却还是道了这些话语，怪就怪作
者是位令人不忍拒绝的女性吧。

为宝林喝彩

关于《岁月不老》

　　若不是因为文字，我很难说会不会与宝林相识；若不是因为文学，我很难说会不会与宝林相知。所幸的是，我们都对文字想入非非，都对文学痴痴缠缠，于是便有了相识的机缘，相识之后便是相知，直到十几年后的今天，直到……永远。

　　最初，我面识宝林（叶），他还是农安县广播局的记者。天公做证，我去看他的时候，绝非向同行讨吃什么午餐或晚餐，事实上我就是借去农安采访之便想会一会那个文字背后的宝林。见了面，好像也没更多的客套，他知道我，我知道他，相互握了一下手，问了两声好，就差不多是文学的话题了。那是二十世纪八十年代中期，文学是我们心中的上帝。

再后来呢？听说他换了工作，更多的见诸报端的文字是消息、通讯、报告文学一类的货色。我真的为他可惜，暗自地，我的理由是：一个再有才情的作家，如此经常性地把文学消磨在那一篇篇的报道上，恐怕也会废掉的。

那期间，我们少有见面，见面也不过是机械化的表情和程序化的来言去语。何以至此呢？去问岁月吧，或许岁月可以回答。

能够再次与宝林坐下来聊聊文学，已经有些恍如隔世的感觉。对了，好像是在去年的晚夏或初秋，他先是寄来一篇散文，我正读着呢，那边来了电话，开口便问我写得怎么样，有没有些进步。其情也真，其意也诚。我做副刊编辑将近二十年了，原有的那些应酬早已消失殆尽，好就是好，不好就是不好。而他这一篇散文尽管算不得妙思佳构，却也让我心底生出七分惊喜。真的，我没有料到，他的散文写得这般生动，这般入情入理，似乎字字生香。与他从前的散文相比，委实厚重了、深邃了，让人眼亮心明了……

哦，我喜爱的那个宝林居然重现了！

或许是职业的习惯吧，以后他每有文章寄来（或送来），我都认真去看，然后把阅读感受传递给他。好听的话，自然换回他一脸风情；不好听的话，虽然让他一时尴尬，他也还是应应诺诺，直至把自己的文章改得圆满。这样的宝林，使我觉得坦荡做人比什么都好。

前些时候，宝林在电话里支支吾吾地说，他想出两本书。我说好啊，即刻给了他由衷的鼓励。我的这份鼓励，当然是朋友之间的推动，生怕他跟我一样，接二连三的美事终归想想而罢。同时，我也耽虑他"荒废"了这么多年，能有多少好的文章成集出版。谁知，他两天之后竟像魔术师一样把两部书稿捧在了我的面前。《岁月不老》便是其中一本，我有幸先于读者看了清样，细细品味之后，心里沉甸甸的，完全是那种踏过春花秋月的感觉……

不错，作品一旦问世就不光是自己的事了。作为宝林的文友，作为知人知面也知心的文友，我除却为他喝彩别无他念了。

就此打住！

散文园里风光好

关于《绿柞枝》

眼下，散文正红火着呢！

散文家们自不待言，文坛上舞长枪的、耍短棒的，都看好了散文，纷纷上阵，以讨散文的欢喜，似乎不弄出些名堂来，决不罢休。于是散文园里姹紫嫣红，一派"红火"的景象。

岁月做证，陈希国弄散文却不是凑热闹来了。二十几年来，他在散文园里默默耕耘，为的是自己的一腔热爱和希望。种下了知识、经历、感受、见解，渐渐地，就长出了一篇又一篇的散文。春去秋来，快乐与慰藉便也在生命的血液里了。如今一经清算，《岁月畅想曲》不知灌溉了多少人的心田，

《无花果》风送清香，不知甜蜜了多少人的情感。单说这第三个文本，竟然冠之以《绿柞枝》，又在撩拨多少人的心怀？引人深深地咀嚼……

希国说："柞，是故乡山中最普遍的树种，它虽然其貌不扬，又不出名，也从不被人们重视，可它却有自信、自强、自立、自我牺牲的精神。做家具，不怕锛刨锯斧；烧木炭，不惜粉身碎骨；柞叶可养蚕，枝可生木耳，果实可食用，可谓浑身是宝。我的这本文集没有华丽辞藻，都是真情实感，恰好与柞相符。每一篇文章，又像一片柞叶，片片柞叶生枝头，于是便有了《绿柞枝》的书名。"

如果是凑时下散文的热闹，这本书的书名完全可以虚浮些。偏偏虚浮不是希国的所爱，也非所求，只好扫"虚浮时代虚浮人"的一兴了。再看书中体制，一序一跋，中有九章，自成系统，分别为家事乡情、神州揽胜、海外萍踪、灯下随笔、茶余饭后、艺苑折枝、乡村节令、漫话数字、生肖趣谈。章章凿实，无一花头，就使人从字里行间读出作家的可敬、可亲、可近、可以为友的品质了。

我与希国交往久矣，知其能干、会写、擅画、勤于读书阅报。尤其让我佩服的是，他几十年风雨来去，练就了一张"巧嘴"。这个"巧"，非巧舌如簧之"巧"，非花言巧语之"巧"，而是把生活中的真知灼见"巧"成了一种幽默、一种艺术。我由此生发的理解是，一个作家若把自己的所见、所闻、所思、所感都能巧妙地"说"在纸上，就是一位相当不错的作家了。《绿柞枝》中的诸多散文证明，希国的"巧"，绝对是一种实实在在的智慧的"巧"。读过此书的人，会赞同我的观点，并且报以会心一笑的。

也是同希国的多年交往，让我产生了一种傲慢与偏见，以为对他了如指掌了。然而，当我以一种客观的冷静的眼光检阅《绿柞枝》时，才发觉我并不彻底地洞悉希国的个人世界。从前，我认定希国散文有两大特色：一是写亲情的好手，一是写杂考的好手。事实上，希国的世界却是相当丰富、相当敏锐的。这种丰富和敏锐体现在散文里，便闪射出艺术的光芒来。应该说，他生活的环境以及他涉猎的领域，我是熟知的，但重新审视他笔下的文字，他居然在"熟知"中构造了一个个新奇甚至有些神秘的世界，就多少让人有些叹为观止了。而且，作为一本书的存在，《绿柞枝》还为我提供了许许多多的知识与方法、乡情与民俗、趣味与禁忌等等，这又是从时下一些浮华之书中难以寻到踪影的。

东北的黑土地养育了一代又一代的子民，也成就了一批又一批的作家。希国虽然在散文中广种薄收，终究还是透露出了关东这一独特的文化理念的追求。不光内容，不光意识，不光语言，甚至他文中的气度、气味、气运也都是关东的俗中见雅、粗中有细。如果把他的散文用空间的形式展示出来，恐怕与关东的山水大抵相近，不言也罢。

或许有人会说,《绿柞枝》作为一本散文集,似乎显得驳杂了些。我倒以为,这种驳杂恰恰是这本书的一大特色。过去,在很长一段时期里,散文被解成一种与小说、诗歌、戏剧相对的文体。其实,散文的概念是很宽泛的,除了固有的领会以外,文献、书信、演讲词、命令、诏书、贺函、讣告、便条等等文字形式都该归入散文的行列。有了这种认识,就会正确地面对《绿柞枝》了。希国的可贵之处在于,他在"读万卷书,行万里路"的同时,认认真真、殷殷勤勤地为读者留下了自己驳杂的经历、思考、情感和见识。从这一点说,希国当是一位开阔的洒脱的散文家!

值得一提的是,读完《绿柞枝》,再回头琢磨希国其人,人文并举,两相映衬,更可把握散文的本质了。有了真诚,有了热情,偌大的散文园里便会长出希望的果实,一年又一年……

女生韩梅

关于《往事如茶》

或许，连韩梅自己也没有料到，出版第一本书的时候，已经接近知天命了。我也奇怪啊，依稀学府，意气风发，怎么忽然间便"往事如茶"了呢？

叹只叹，人生易老，岁月薄情！

幸好有"往事"，并且"如茶"，也就不至于空空茫茫。实际上，毕业后的二三十年里，我们见面的次数十分有限。同学偶尔聚会，或她不在，或我不在，几乎丧失了彼此深入交流的良机。她自然有她的迷恋，在大学里教书；我自然有我的陶醉，在报社里编稿。后来的后来，她莫名其妙地喜欢上了文字表达，才算与我有些沟通。她拿出来的作品不多，客气话却连连不断，明确说只是让我提提意见。我提过意见吗？记不得了。深入我心的却是，她依旧如当年那般清纯、清澈、清朗和清雅。人如此，文章亦如此。

我入大学后，目光首先触及的女生便是韩梅。中文系办公室红纸黑字的榜单上，韩梅赫然位列其中。心下思忖，这个且俗且雅的名字隐藏着怎样的一个面容呢？那年月，我对女生的探求远不如对诗歌的探求。对瘦小的、戴着眼镜、梳着羊角辫儿的韩梅呢？知道的最多不过是出身于书香门第、孜孜以学而已，四年里好像没说过四次话，甚至没一句可以记到今天。她好像不太喜欢跟男生说话，常常浮现出一脸浅浅的空洞的笑，躲闪不及似的。

恰恰是韩梅的不事声张、欲说还休的品性，赢得了许多人的尊重。我不知道，堂堂的学府里她是怎样教书育人的；也不知道，攘攘的社会上她是怎样安身立命的。但我知道，她除了胖些许、白些许，基本上还是我们同窗四年的那个本色的韩梅，不强不弱，不深不浅，不方不圆，不左不右……

这样一个韩梅，如山中的溪水，清清亮亮地流淌着，竭力滋润着草木；这样一个韩梅，像天上的星辰幽幽静静地闪烁着，殷勤昭示着夜空。

风雨二三十年，曾经壮志凌云、诗意盎然的女同学们，姹紫嫣红，春华秋实……韩梅常常会情不自禁地拍打掉身上的尘俗，去做精神沐浴。在山水中，在往事里，拓出一片圣境，让灵魂自由飞翔……

这时候，韩梅是个快乐的女生！

通常情况下，简单地活着比复杂地活着更幸福。幸福没有定义。而对幸福的解读其实也很简单，便是：有所为，有所爱，有所希冀。在韩梅的视野里，大千世界无非是人物、事物、植物和动物。而"物"与"物"之间发生的故事，那么纯净，那么奇妙，那么隽永。所以，无须过分地描绘、铺排、提升，她只是恰到好处地记录或叙述出来，就抒情达意了。如茶，三遍水泡过后，才现韵致，才有韵味。

"杯水茶香悦客心"，说真的，品咂《往事如茶》，我很为韩梅庆幸。虽然她接近知天命了，骨子里却始终深藏着浪漫的梦想。不急功，不近利，便使她的目光习惯性地停留在那些美好的景物和事物上。人啊，长不大多好，从女生到女生，为韩梅的"往事"干杯！

魏霞的天空

关于《爱的伞》

　　魏霞大我一岁，却年轻于我，这两个事实，恐怕永远也不可变更了。如今，她撑着一把《爱的伞》，走在这个我们看似熟悉其实未必熟悉的世界上，很飘逸亦很沉着，很有一种风姿。

　　我想，我在任何时候都会说，结识魏霞，是人生中一件挺美好的事情。她的神采、声音、性格都恰到好处地显示着女性的魅力。至于我个人，则对她存有理性的抵触。换句话说，尽管我们十余年来从未断过交往，我的骨子里却始终不肯认她为友。朋友的意义在于深了浅了都没关系，而她是我大学辅导员的妻子，我对老师的敬而远之，也不折不扣地表现在对她的态度上。

然而，魏霞的天空是晴朗而辽阔的，她对远远近近的人长久保持着亲朋之爱。她总是以一种十分纯净的心情关心、爱护、帮助着朋友。事实上，有些事情她先为你想好了，办好了，轮到你醒过腔来要答谢她的时候，她瞅瞅你，甩出一句："你干吗呀？"带着明显的不满。"关心他人比关心自己为重"，我觉得她是典范。

从发表诗作算起，魏霞经历了中国新时期诗歌由浅入深发展至今的全部过程。虽然她了如指掌，却从未打出什么旗号，或把自己置于哪一诗派的门下。她就是随心所欲地写，没有任何建功立业的负担。现在回过头来看，喧嚷的"诗歌活动家"们能有几人像魏霞这样，结一本纯粹属于她自己特色的诗集？清丽、优雅、深挚、悠远。我想，诗的品质，也是人的品质吧？

作为诗歌同仁，我始终观察着魏霞的天空，观察着她天空里的云象。在许多种场合，我会诵出她的"如果／你的心／今世注定／流浪／我的／也只有／漂泊一生""当你在轰轰烈烈的夏季／走累了／别忘记／我的叶子下面／悄悄／为你成熟了／一粒清甜"。真的，在纷杂的尘世里，我不能不欣赏这种古雅的温存的情怀。倘若你得以在她的天空下走来走去，那感觉肯定是从未有过的惬意。比起一般的凡男俗女，她有理由活得优越些。

晚近，魏霞写着各种文体的作品。我尤其喜爱她的《期待电话铃声》，个中的情理，令人叹服。我就记着，她备好一桌丰盛的酒菜，而约定的客人却迟迟不到，让她这使出十八般手艺的主人十八次出门探望，四面不见熟悉的身影。这里，我要替魏霞申明一句，说话和做事不可不认真啊。

有一次，朋友"一个加强班"聚到我家。席间，我想起有趣的成语游戏，是测试事业、爱情、友谊和晚年景况的。结果，她依次是咫尺天涯、画龙点睛、雪中送炭、一醉方休。前三者如此中的，大家很是欢呼了一阵。但我暗自担心，她对酒的接受能力极差，险些坏掉了大家心目中的光辉形象，晚年怎么"一醉方休"呢？

我耐心地等着看她晚年的天空。对了，魏霞曾是长春人民广播电台的优秀播音员，后来又任青岛人民广播电台的节目主持人。据说风光得很。而我，所关心的却是，她是否还那么诗情画意。

世外悠悠看闲云

关于《一叶相思》

知道岳颖茂这个名字，其实是今年年初的事儿。有人跟我说，岳颖茂绝对是个人物，应当给予关注。那么，身为报纸副刊编辑，我应当关注什么呢？自然是"人物"的文场。我承认，这么多年下来，我早已形成了对人关注的特别视角，说习惯也好，说固执也好，总之对一个陌生的面孔，我首先看他在文场上的表现。

我看颖茂先生之于文场上的表现，当然是看他的诗集《一叶相思》。看来看去，一个古典的人便悠悠浮出纸面，掠起的却是阵阵现代的风……

就是这么一个古典的人，身上带的，脚下走的，眼里见的、口中吟的，完全是那些古意弥漫的好山好水好人好事。如果有机会与他行日月，弄诗文，论天下，你也会不由自主地情满于山、情溢于海。幸福不幸福，就全在自己的感受了啊。

"天涯路，古遥村，燕子恋巢故里寻。女箩九鼎难逢地，男儿大志扭乾坤。"（《鹧鸪天·天涯路》）眼见的是自然景色，胸怀的却是个人志向，与古时的文人墨客毫无二致。"忽有大雨如盆倾，碎裂攘攘人丛。水帘点灯别增韵，雨花花亦雨，水火也交融。"（《临江仙·雨中独观焰火》）词牌是旧的，心绪却是新的，俗一点儿比喻，无异于旧瓶里装上新酒；雅一点儿形容呢，则是听唱新翻杨柳枝了。

对于颖茂先生的成长经历，我知之甚少，无从推测或判定他的生活趣味与生命走向。然而，依据他的诗（确切地说是诗词），我清清晰晰地透视出了一个出身贫苦的乡野小子不断拼争、不屈风雨、不肯放弃的柔而且坚的品格。我可不可以这样说，他能够在几十年的奋斗历程中时不时地闪烁着亮丽的火花，一定是源于他由来已久的精神村落。他用诗人的眼光打量世界，用诗人的胸怀包容世界，用诗人的情操领会世界，一切都是诗的，是美的，是充满意趣与期望的。

看他笔下的故乡："大雁总是结群，叶落终要归根。故土啊，你是我最亲。我看得见你的容颜，听得清你的声音。你在村庄将我守候，把我捧在你的手心。"而故人也是："江涌春泥，山镇白雪，一土一坡，异乡梦合。无限思情，天高地阔。谁捎闲愁眉下，念征人，岁月蹉跎。清灯孤照，子规啼破，烛解藤萝。"还有他的古屋："归乡路，迢迢入寒家。老树古屋接旧巷，土道新辙过尘沙。锦衣话桑麻。"更有他的相思："樱青青，草盈盈，人流攘攘狭路逢。相对含情红。爱也诚，怜也诚，绵绵平添不了情。怅然忆娇容。"

一个背井离乡的游子，不管他当年是怎样远走高飞或者一步三叹，到头来都害怕"笑问客从何处来"的。想啊，经历了那么多的霜雪，掠过了那么多的岁月，是是非非，晴晴雨雨，苦苦甜甜，得得失失，终究逃不脱"乡音无改鬓毛衰"嘛！

好在颖茂先生极尽"随遇而安"之能事，走到哪里，哪里都是诗情画意；度过什么年代，什么都是真情实意。他做知青，有冬夜的自励；他做军人，有热血的撞击。哪怕就是做一个普普通通的游客，他也是风轻云淡、秀山奇水地赏着、嗅着、吟着。诸如池塘、渔舟、杜鹃、海棠、花圃、长桥、河川、瀑布、西窗、明月、幽梦、衷肠、霓裳、屠苏地铺排开来，读起来词清句丽，品起来则文浅意深。值得一提的是颖茂先生的两组咏花诗，譬如"一身高洁落尘里，百种风流没空园"的樱花和"闲舟试做莲蓬屋，追鸟一去念别情"的荷花，由表及里，又由里及表，飘飘悠悠，浮浮荡荡，何等的清纯，何等的痴迷。说他儿女情长也罢，说他英雄气短也罢，能把人人司空见惯的樱花与荷花写到这样一种境界，我首先叫他一声诗人！

对，颖茂先生是个诗人，而且是那种传统文化意义上的诗人。他在自己熟悉的词牌里，充盈着浓郁的诗情，安顿着美妙的画意，真的让读者一时难辨今夕何夕，难识今人古人。

人为什么要写诗呢？这似乎是个难缠的问题。不过，至少写了三十余年诗的颖茂先生一定是在享乐。他有很多事做的，他还可以做很多事，但是他不能不写诗，写诗才能使他常常怀着自然的情义、历史的沧桑以及隽永的趣味。吹拂着现代生活的风，吟诵着古典意韵的诗，这就是文场里的岳颖茂——"世外悠悠看闲云，眼底漫漫咏华章"，多美的事啊！

寄放在绵长的意境里

关于《矿山花儿开》

当春风遇到花朵，不不，当灵魂遇到诗歌，深度美欲则转化为动力，转化为行动的力量。

《矿山花儿开》，仅此一枝，吞香吐艳。

那时，几十年前的那时，十几岁的邹艳华迷上了文学。具体说，是迷上了诗词。三十六首毛主席诗词，字字刻骨铭心。后来，由知青接班，担任蛟河煤矿播音员，再看山、看水、看人、看物，接近美妙了，就试着记下感悟。诗为主，文为辅，一页又一页，一本又一本。岁月流金，诗文流转，寄放着一个作家远远近近、虚虚实实、圆圆缺缺的梦。

从已知到未知，从未知到已知。

实际上，邹艳华离开矿山三十五年了，往事浩茫，浩浩且茫茫。江城吉林多文人，风里雨里抓一把，也许有诗。不过，推开虚掩的门，邹艳华似乎更愿意重温旧梦。点点滴滴，不舍蛟河煤矿。那么一座山，那么一座矿，绵延了她的孩提、少壮与青春，悲欣交集，荣辱更迭，错落成生命的后花园了。当下，故作姿态者众，故弄玄虚者众，写矿山费力而不讨好。老实说，随诗坛习气，邹艳华也创作不少得过且过的超验诗，不过永久不能释怀的还是那些与矿山有关的作品。每每翻出来这些陈年笔记，矿山的爱恋便跃然纸上。用今天的眼光修修改改，居然脱了胎，换了骨，意犹未尽了。还好，庄周梦蝶，她梦矿山，当年的人事、景物、情理花朵般芬芳了邹艳华的忆念。

何其幸运，及幸福！

无为无不为，无诗无不诗。

我呢？云里雾里读，尤其喜欢她那首《矿山播音员》，姑且摘抄："这是一座山的声音／一条水的声音／一块煤碰撞另一块煤的声音／一次井下遇险与井上营救的声音／这也是一个矿山播音员／剥开煤的五脏六腑／寻找它心跳的声音／／矿山播音员／是无数矿工流汗的声音／女工点钞的声音／哭的声音，笑的声音／喜怒哀乐碰撞喜怒哀乐的声音／笑容可掬碰撞笑容可掬的声音／这个声音代表乌金的滚动／代表火的燃烧／光的情怀／给每一个生命以花的微笑／美的气质／／这声音不喜欢井下透水／不喜欢瓦斯爆炸／喜欢矿山的孩子走在五彩路上／把每天升起的太阳读成吉祥"。毫无疑问，这首揽镜自照的诗，给出一个明媚来，无须我再绿肥红瘦了。

子非鱼，安知鱼之乐乎？

邹艳华，凭借诗歌的叶蔓细致入微地触摸、追怀和寄托，深浅已经不重要了。

邹艳华读过别林斯基吗？别氏说："在真正的诗的作品里，思想不是以教条方式表现出来的抽象概念，而是构成充溢在作品里的灵魂，像光充溢在水晶体里一般。"是的，《矿山花儿开》透出的光，或多或少地温暖了包括她自己在内的昨天、今天，乃至明天。

可惜那些个漂萍诗人，勤勉无根须，一天十首二十首，二百首跟一首没区别，像极了生产线上的易拉罐。缘于邹艳华诗歌的向度和韧度，久已废弃的蛟河煤矿再次牵惹了我的关注、关心与关爱。小时候，家居平房，缺东亦少西，烧的却是蛟河大块与蛟河大坯。炉火旺旺的，亲人融融的，俱往矣。有幸品鉴她的矿山诗，始终感佩一个"玩"字。徐志摩玩诗玩得绝，无非一场"再别"，却把"康桥"玩到天下人口口相传。单从这个角度看，邹艳华吃亏吃大了。二十八年一本书，索性玩味不玩耍，怕只怕，不经意之间玩忽诗守。

诗人啊，可以向生活缴械，不能向生活投降。

一首《谢幕》，诗不过是诗，无论多么机巧，又何尝谢得了幕？——"我知道这座矿山／不久就要谢幕／它尽管有时透水／有时险象环生，可是／从此消失在历史的舞台上／还是让我的心潮难于平静／它毕竟陪我走过／童年时代，少年时代／还有青春期的梦境／它陪着父兄走过／轰轰烈烈的一生／还有一些车轮的来往／一座学校的铃声／当年那些背负行囊的苦力／成为新一代的矿工／他们挥汗如雨战天斗地／在每一块原煤上／刻下了平凡的姓名／如今整体移民开始了／一种难以割舍的情怀／拍打着这铁轨上的风雨阴晴／／别了，井口，绞车／别了，风镐，矿灯／别了，远方的山峦、绿树／别了，空旷的原野、丘陵／在工人新村里／那一片发光的黑土地／永远响着乌金的奏鸣／／如今，摘一片家乡的树叶／记住我的童年／撒一把故乡的泥土／埋葬我的父母、兄长"。我忽然觉得，读过此诗的人，注定会跟我一样，内心下着雨，且是冷冷的秋雨。

诗人那么多，多如繁星，多如树叶，唯有邹艳华把心思和目光投射到过气了的蛟河煤矿。秋雨中，邹艳华格外迷离，也格外痴醉。

哦，没错的。失之于片面，得之于片面，几十年里，那些未及成诗的矿山事矿山情，念兹在兹，兴许……更好哩！

用文字说话

关于《旅途中的风景》

在我的交际圈里，庆春是那种少言寡语的角色，我喜欢。所以，一来二去，便做成了朋友。朋友归朋友，电话中或者纸面上，他仍习惯叫我老师，我仍习惯叫他小杜。而在内心，他早认我为兄我也早认他为弟了。

兄弟之缘，偏重于用文字说话——写作。

最初，应该是二十一世纪之初吧，他把一篇文章交给我，讷讷地，请我指点。我看过之后，感觉还不错，就帮他发表了。指点没指点我已模糊，却从此跟他开始了往来。他呢，笑脸少，话也不多，却一副古道热肠。

后来他被下派到辽源，彼此没了音讯。待我快要忘记他的时候，他又登门拜访了。这回，他有些兴奋地告诉我，他在辽源的书摊买到了《不息的内流河》。呵呵，这是我的第一本散文诗集，时隔多年，竟然被他遇见，并且收为己有，我免不了感慨。更确切地说，是感激或者感谢！

庆春喜欢读书，加深了我对他的情谊。古人云，读万卷书，行万里路，不失为生命好境。至于能不能写出锦绣文章，那要看个人的造化。我在欣赏他的一篇又一篇散文随笔之后，除了愉快，还有期望。

当然，这种期望，带着我强烈的主观色彩。

我痴迷一两千字抑或三四千字的文章，风雨雷电，尽在其中。周国平的论调，从另外的层面给了我信心。他说："要想流芳百世，何必鸿篇巨制，一首小诗足矣。"篡改半句："一篇小文足矣。"

更何况——静默欢喜，不来不去！

接触庆春，恐怕有十年的光景吧？他除了跟我探讨读书和写作，很少涉猎其他话题。反而是我，一些鸡毛蒜皮的事情没断了麻烦。若他力所能及，都会不折不扣地落实。记得几年前，我身边的友人需要复印一套材料，我求助于庆春。结果，他很快就帮我弄好了。当我见到装订精美的成品时，简直不敢相信自己的眼睛，心下一阵阵地愧疚，给他找这个麻烦干吗？

庆春日复一日地过滤着许多事情，也被许多事情过滤着。

然而，他还是让我深深地领教了什么是认真、谨慎与执着。而作为文人雅士，庆春又让我切切地感受了什么叫洒脱、浪漫与深邃。打个通俗的比方，钱的正面是钱，钱的背面也是钱。我不知道哪儿算是庆春的正面，哪儿算是庆春的背面，迷离之中，却认准了这个堪称庆春的朋友，这个堪称朋友的机关文人。

　　沿着《旅途中的风景》一路踏行，读者可以温习"美好的时光"、体察"凡人的情愫"、巡游"悠然的风景"、倾听"苍凉的诉说"。兴许，还会联想到卞之琳的那首著名的《断章》："你站在桥上看风景，/看风景的人在楼上看你。/明月装饰了你的窗子，/你装饰了别人的梦。"果真如此，那么庆春是幸运的，难以替代的幸运。

　　我有时不免犯疑，血运旺盛、意气风发的庆春，为什么如此闷骚？却原来，春花秋月，夏雨冬雪，他将满腔热忱尽可能地化成文字，一半交给了公文，一半交给了散文。

　　似乎，他更适合也更享受用文字说话啊……

文字里面有什么

关于《竹叶集》

　　初见晓峰，内心生发肃然起敬的感觉。对啊，男人看男人，样貌和气质也是先入为主。他是来拜访我的，风流倜傥，浮出一脸的笑意。我那时年轻，容易被打动，便迅速与他成了好友，成了那种频繁往来的好友。

　　怪不怪？那么多次的喧嚣酒局，多是他为我抵挡，却从不论酒；那么多篇的锦绣文章，多是我替他发表，却从未谈文。岁月催老，转眼成空，彼此二三十载情来意去，都谈论了些什么，记不大清了，留下的只是一片沧桑，及感伤。

　　2016 年，轮到晓峰出版《竹叶集》了。嘱我作序，我再推托就矫情了。他把书稿丢在我面前，我只能从命。这个世界上，除了他与他的夫人，最熟悉"晓峰文笔"的，应该是我了。真的，根本不用细读，搭一眼目录，他的那些文字就复活了。我的意思是说，晓峰的那些乐山乐水、乐思乐情的文字，再一次淹没了我。在他的文字海洋里，我像时隐时现的孤岛被推来涌去，落得个逍遥……

跟诸多字里刨食的作家不同，晓峰没想把文章写到什么份儿上，或曰境地。他就是喜欢写，把自己喜欢的自然与生活写下来，写到满足，不管满不满意。那么，他满足了吗？文化、历史、哲学、天文地理、人情世故、花鸟鱼虫，凡是他经验过的、激动过的、思考过的，一一被他"滤"在了笔下。万千植物中，晓峰独爱竹，一连写了三大篇章，仍觉不够过瘾，索性把全部的文字冠名为《竹叶集》。

说实话，我是不怎么感冒这个书名的，有些木，有些沉，有些老。但是，我却拗不过他，随他一时（或许是一世）的情缘吧！

我还要替晓峰声明，写作重要也不重要！譬如生活，譬如呼吸，那才是任何一个人必须珍惜的，至少是不能割舍。时值 2016 年 5 月，我在西藏逗留数日，去了扎什伦布寺、大昭寺、布达拉宫等一些佛教圣地，悟出的"切肤之痛"却是：人不能缺氧。所以，写得好与不好，要看作家的笔力，而写与不写，则关乎情怀了。

文字里面有氧吗？几许啊？

如果晓峰不写作，或者晓峰不把写作视为人生的一大快事，他应该有更好的发展。凭他的品质和才情，做什么都会有所建树。可喜的是，晓峰除了坦坦荡荡做人、认认真真做事的同时，还是把个中的感受、感动、感想、感慨"提炼"在读者面前。哪怕是一棵草、一片叶子、一座老屋、一只小蜜蜂或一只小黑狗。他也不求"抠"什么"醒世恒言"，若能道出些禅理机趣，已经属于偏得了，善哉！

鲁迅说："人是吃米或麦的，然而遇着饥馑，便吃草根树皮了。"不错嘛，欲望要么妥协，要么膨胀。晓峰的欲望呢？从《竹叶集》开始？

是为序。

父亲寄语

关于《心灵深处的那双眼睛·赵梦卓卷》

作为父亲，我对女儿的冀望当然很高，也很多。

随着女儿的成长，我越来越发现，她是那样义无反顾地弃我而去。尽管她的笑容依然亲切，她的声音依然亲近，她离我已经越来越远。在她的新奇的世界里，我是一个陌生人，不知该走向哪里。静下心来想，女儿毕竟是从父亲这里出发的，便有了失落中的些许慰藉。

所以，我除了用自己的生命和祝福护送她远行以外，就只剩下惦念了。

我在很小的时候，受两个兄长的引导，勤勤恳恳，一心想做个琴师。后来我上了大学，才日甚一日地迷恋起了文学，而后借文学的光进了报社。我没有太多的天赋，与同龄人相比，活得还算顺当，一生怕也不会有大的闪失，自足自乐了。

这种自足自乐，原以为会被女儿承袭下来，却事与愿违。就像面对她的这些文字，看来看去，我竟然看不出自己的遗风。女儿，就是这样用她那些"另类"的文字牵着我，一步步进入她那个新奇的世界。在那个世界里，我是一个陌生人！

即便是这样，女儿对文学仍然没什么好感，也不下多大气力，她的志向远大着呢！多年以来，她更多地显示着一种即兴发挥的才能，我担心我的"寄语"最终不过是被她那么"即兴"地"发挥"一下，不说为好。

出书的理由

关于《记忆芬芳》《梦想绚丽》

"吉报"不见超人，多半却是高人。

高人呢，未必"一览众山小"。所谓"吉报"高人，两手皆有绝活儿——一手新闻，一手散文。做新闻，风生水起；作散文，花团锦簇。

里里外外，别一番酸甜苦辣；出出入入，别一种春夏秋冬。

《吉林日报》七十周年庆典之际，汇集两本书，曰《记忆芬芳》，曰《梦想绚丽》，如两座宫殿，相得益彰，相映生辉。

两本书的作者都是"吉报"人，无论男女，无论尊卑。

我于大学毕业的 1984 年 7 月，只身投入"吉报"的洪流中。今天算来，马马虎虎可做"中间代"。回望与展望，陡生三分骄傲。事实上，前辈、同辈、后辈，时常被我情不自禁地组合成一个"光荣之家"，水乳交融，春暖花开。我了解他们的工作，熟悉他们的样貌，懂得他们的诉求，以及生命之重与生命之轻。一天天，一月月，一年年，得或许有所得，失或许有所失，得得失失，就渐渐老了，身后便甩出去一个个陌生的面孔。

陌生，也是同事。同事，不再陌生。

然而，我还是过于浪漫了。"吉报"人的使命，毕竟是"铁肩担道义，妙手著文章"。

幸好我脑海里的同事和身边的同事都有志向、有情怀、有趣味。幸好他们在生活中栉风沐雨、穿云破雾的间歇，也为自己的心灵留下了桃花源抑或芳草地。有时候，他们跟唐诗里的牧童一样忘我，"归来饱饭黄昏后，不脱蓑衣卧月明"。一片片记忆，温暖日子乃至岁月。报社庆典的节点，征稿和编稿的工作才得以顺水推舟，少费许多心思及力气。

何止于此，我嗅到的是一阵又一阵的"芬芳"，我看到的是一片又一片的"绚丽"。躲在新闻的背后，感受散文的魅力，便有些接近享福了。为什么不呢？

奢侈一回是一回！

"昨是儿童今是翁"，"吉报"人也不例外。打个比方说，新闻有如粮食，散文只当酒水。在漫长的七十年里，一代一代的"吉报"人，思接千载，吟风弄月，了却天下事，始得身后名。

庄子曰："天地有大美而不言，四时有明法而不议，万物有成理而不说。"可惜，"吉报"人不是庄子，没一个是。出世与入世，"吉报"人果然聪明，充分而恰切地记录了或表现了人间的冷与暖、恨与爱、近与远、浅与深……

"吉报"人有足够的理由骄傲，包括我。

把《记忆芬芳》和《梦想绚丽》喻作两座宫殿，未免有些夸张。

然而，请允许我借此出版之机"悠悠闲处作奇峰"。我固执地认定，看朱成碧无非本能，弄璞成玉方为本事。就散文而言，"吉报"人有这个本事，即便炫耀，何妨？

世情百态

关于《百张面孔百颗心》

如果说，岁月是一部史书，日子中的人和事便是散文。基于这种浅薄之识，我们把大家的"日子"集结起来。

刻意做文章与刻意做事情，都该归于艺术。做到了高境界，迫人在仰视中肃然起敬。长此下来，难免有喊脖子酸的。还是自自然然的好，置身其中，片刻就合一了。而后走开来，也领了份禅悟。

我们主办《吉林日报·人间版》，便使我们有机会把握新的散文。而把这本精选的《百张面孔百颗心》接近隆重地推出，要的就是人们在看时装表演时产生的效果。当一个个风姿绰约的模特步履富于弹性地走来，观众们既欣赏到了美，又与之保持了距离。个人的生活就是个人的。

我们心存的一种自认崇高的事业，由这本书开始。客观讲，是上上下下、左左右右的人帮了我们，不过，感激一旦脱口而出，就变味了，我们还是长久地记在心里吧！

简单说

关于《瞬间回味》

如果抛开缘分，似乎无解。至少，我们两年前未曾料想，日后两个人会有这样一种接近完整，甚至接近完美的合作！

最初呢，挺朦胧的想头。工作之便，各显其能，于是一图一文，隔三岔五地填充在《吉林日报》版面上。与其说尽职尽责，毋宁说尽情尽趣。然而，逐月逐年，得寸进尺，渐渐有些意思了。做不出意义，则做出意思，便是我们做事的共识，或曰初衷。

其实也很简单，无非是将多少年来对人生、对自然、对艺术的认同，融入"瞬间"与"回味"之中。往白了说，图片把"美"抓出来，文字把"美"放进去，仅此而已。兄之川页（潘永顺），弟之野马（赵培光），所幸每次合二为一的亮相，都成全了不尽的妙不可言的怀想……

人啊，终究看山是山，看水是水。或许，这种亦图亦文的沟通，才使兄弟愈加珍惜交相辉映的机缘。除此之外，我们不能（也不敢）奢望什么了啊！

散文与盐少许

关于《野马闲驰》

我正恋着散文呢!

"恋"这个字儿,挺有嚼头,言及恋着什么人,多少有点儿招供的感觉,而声称恋着什么好东西,则似乎成了清赏家的炫露。

可惜,关于散文,我却常常无话可说。古今中外有关散文的微言胜义,我是消化了不少,但给它变个说法,来标榜自己的散文,这又实在与我的品性相悖。

从事文学创作十几年了,先是起步于散文,尔后涉足诗歌、小说、报告文学、散文诗,如今落脚点仍在散文上。于我而言,文学的诸多样式犹如车、船、飞机,散文才是大地,让我自由而踏实地来去。我对散文的感情历程，也同我的爱情历程近似。妻子是我幼时的同窗，我的偶像，后来，她调到远方去了，身影却始终藏在我的灵魂深处。当我长到可以恋爱的年龄，她居然楚楚动人地出现在我的眼前，致使曾绕在我身边的二三女性都黯然失色。仅从女友成为妻子那天算起，也近十年了。对于她，我在日日夜夜地感受着，却无法分门别类地道个究竟。经验告诉我，语言一经离口，便和心声有了差距。所谓"妙不可言"也。散文何尝不是呢？打个比方：没有烹调功夫的人，往往以为照着菜谱便能做出好菜，因为那上面已经定好了肉用多少、菜用多少、火候几成，除了"盐少许"一语有些含糊外，把什么都说得明明白白。然而实际上却未必能达到预期的效果——奥妙无他，我想关键就在于这个"盐少许"。"盐少许"是多少？没人能说得清。这"少许"里面蕴藏了大师高手们的多少甘苦、多少神髓，蕴藏了多少玄机！这"少许"便是最可宝贵的经验，便也是莫可言传的作文之道。所以，面对散文，只有用拳拳之心去长久地感受，才可能接近它的真实。

文章千古事，得失寸心知。留在这里的零乱碎语，不过是我生命中曾有过的片刻的际遇和感悟。从实招来，这种做法起源于狭隘的自耕自得的个人意识，倘若在客观上它能给读者以充实感，那就算我交了"公粮"！

枉谈人生

关于《人生小酌》

如果有一本书叫《人生小酌》，无论它出现在哪里，我都会设法归己的。虽然，我明明知道，读它与不读它，对纯粹自我的人生无多关联，但我还是要拥有这样一本书。

设人生，无异于设梦。本来嘛，雪泥鸿爪，远远近近，飘飘忽忽，莫可捉摸。所以，我在"谈人生"前加了一个"枉"字，并非无情，实出无奈。

何况，面对老翁，我常感到自己一贫如洗；面对少女，我常感到自己陈旧迂腐。

我走过的三十几年人生历程，不能说生活得怎么完整，反倒支离破碎。往后的日子，更是莫测，我甚至不知应该怎样叮嘱脚步。有些时候，我独自一人散步在茫茫夜色里，感受着深刻的卢梭那痛苦得十分幸福的灵魂，我分明听见了他那低缓、沉郁的声音："假如有这样一种境界，心灵无须瞻前顾后，就能找到它可以寄托、可以凝聚它全部力量的牢固的基础，时间对它来说已不起作用。现在这一时刻可以永远持续下去，既不显示出它的绵延，又不留下任何更替的痕迹；心中既无匮乏的感觉也无享受的感觉，既不觉苦也不觉乐，既无所求也无所惧，而只感到自己的存在，同时单凭这个感觉就足以充实我们的心灵。只要这种境界持续下去，处于这种境界的人就可以自称为幸福。"于是，我的灵魂在这温馨的"境界"中得到舒展及至开放……

平日，除了工作与休息，我乐此不倦地往来于亲眷之间、朋友之间、爱与被爱之间，这也使我逐渐发掘出自身存在的意义。单纯为我自己的时候，我便沉入读书和写作的宁静里，难以自拔。算不得幸福，但我至今尚未找到更适当的方式，可以让我打发寂寞的时光，并且咂出些许幸福的滋味。

曾经想对自己的心室做一次彻底的清扫，然终未实现，我既担着社会的角色，又担着家庭的角色，身不由己。况且，我自己没有修炼成仙，难得来去自如。除了父母，我在与别人的感情交往上，皆是入不敷出。这方面，我经常被自己感动。

爱我的人，还给我的温暖不断使我充满力量。我也总在寻找机会，去聚拢那些视我为手足的新知旧羽。且酒且歌，夜以继日。有一次，我独自坐在去看望朋友的长途客车上，蓦地想到了死，然后就泪流满面……

我所看重的人，一律知道我是怎样地热爱他们。那个灵秀清丽的女孩子说："你这人的确不错，即使被你欺骗了，也值得。"我瞪大眼睛瞅她好一会儿，就开始暗自琢磨如何圆满地远离她。我知道这样很难，但我不能让别人为我负担，也不能让美妙的感情留下阴影。回想起来，我努力放弃的几个朋友，都是我内心深处不肯放弃的优秀朋友。每次伤痛之后，我都用类似的话哄自己说：朋友同天天翻动的日历一样，拥有也就意味着失去……

能使我快乐的谈话方式是：把严肃的话题说得尽量轻松，把轻松的话题说得尽量严肃。

如今，《人生小酌》一书为我所著，自然是"小酌"我的支离破碎的人生经历、感受和所见所闻。"枉谈"一回罢了。

有言在先

关于《多小是小》

世界很大，个人很小。那么，多大是大？多小是小？年复一年的散文写作中，我始终面对着这样的问题，很哲学也很艺术。

无疑，"小"乃大时代中的小时代，大气象中的小气象。努力把"放眼望去"的目光收回来，收回到草木蚁蝶及各色人等，饶有兴味的寄望是：用散文的方式进入人性和人情，从而表达生命的原始样貌。

简言之，即用微眼光捕捉微生活。许多人习惯于小题大做，我更热衷于大题小做。

不轻视小人物，不嫌弃小事物，不鄙薄小感动。

所以，我格外喜欢去发掘生活中意犹未尽的小什物、小趣味、小片段甚至小瞬间。

"把散文写好"是我的最高纲领，或曰最低纲领。一篇一篇是"小"，合成一体兴许风光无限，譬如"大"的意义、意趣、意绪及意思。

不述故事，不描绘声色，期求字里行间闪烁着异乎寻常的禅机理趣。

"小"既是出发点，又是落脚点。

万千事物，莫衷一是。本书从人物、事物、植物、动物四个大方面着手，进而退，退而进，或此或彼无非去追问日常生活中往往忽略掉的那些人、事、情，还原一个"微"世界里的生活，不了却也了之。

幸好，还有诗歌

关于《宛如流水》

痴迷诗，久矣！

许多年后的今天，我把自己的第三本诗集定名为《宛如流水》，忽然有些羞涩。对，不是羞愧，不是羞赧，而是羞涩。真正的意思呢，不是曾经沧海的那种自悟，不是情窦初开的那种自醒，而是自悟自醒之时，油然而生的那种初始的意味、意绪、意趣……

幸好，我还会羞涩，尽管很少表现出来。

青春的一段时光，诗无敌。写诗和读诗，成为生命的追索。没黑没白地缠绵，梦里也不肯歇息，很逍遥，很沉醉。相对而言，名利当然有，一点点，不在话下。

风云变幻，尘世浮荡，诗化作一份情潜入心底。难舍的事，往往都是这样，岁月掠不去，秋下一颗心。你站在桥上看风景，看风景的人在楼上看你。明月装饰了你的窗子，你装饰了别人的梦。卞之琳笔下的这种情境，嘴上传诵都好，何况回味了。譬如喜欢一个人，喜欢几十年，独自在心底波光潋滟。

　　"为人性僻耽佳句，语不惊人死不休。"诗圣杜甫不但有胸怀，而且有气魄。殷殷地，切切地，以己喻后，功德无量，千秋大业一首诗。

　　随着年龄的增长，我越来越痴迷那些意犹未尽的小诗。

　　说是小，其实是从小处着眼，小到一片月光、一枚树叶，小到露珠儿或泪珠儿。通过小意象，抵达大境界，所谓一滴水见太阳。对，也不一定非见太阳，见什么不行啊？只要熠熠烁烁，只要给人片刻的慰悦与幽思。

　　我疯迷小诗，恐怕与流水有关，尤其是与歌唱着的山间流水有关。潺潺湲湲，轻轻曼曼，就那么有始无终地流动。远方有多远？历史问，哲学问，流水……不问。

　　读过一篇短文，大致是：潮涨潮落，许多小鱼被留在了沙滩上的深深浅浅的脚印里，有个孩子提着小桶一条一条捡，然后放回海中。人家笑问，谁会在乎这种傻傻的行为啊？孩子郑重其事地答，小鱼在乎！

　　那么，星辰呢？草木呢？诗呢？

《宛如流水》诗三百，恰好暗合了"诗三百，一言以蔽之，曰思无邪"。毋庸讳言，我在写作的过程中，积极地融入了个人的艺术理想，很希望它清洁、清亮、清雅、清透，神性而随意。能不能成就，那看我的造化。必须得承认，活了几十年，有些人，有些事，依然是一厢情愿的诗，至美而忧伤。

　　越静越好，静到虚。

　　越净越好，净到空。

还写诗呢

关于《宛如流水》

人一闲着，欲望就出来了，弄得自己眼花缭乱的。务实的主儿，则可以把欲望付诸行动，譬如游泳、钓鱼、喝酒、品茶、打牌、逛市场。甭管他子丑寅卯，只要快乐抑或接近快乐。

我闲着没事，习惯写诗！

这么说，好像我多么高雅似的。没那意思，自然而然的一种习惯而已。是的，从前写诗是挺高雅的，何止高雅，甚至高贵呢！二十世纪八十年代初期，我在大学读书，四年里差不多都诗来诗去的，比爱情美好多了。什么心态？便是宁肯错过太阳、错过星星，也不能错过诗。偌大一个校园，二三十个系，男生写，女生写，明里暗里几乎没不写诗的，把诗写到笔记里、写到墙刊上、写到口口相传以及各种名目的联谊会。冒头儿的诗人，更把诗写到市级、省级、国家级的报刊和广播，气度非凡，被私下里效仿着，被场面上尊崇着，很有些"仰天大笑出门去，我辈岂是蓬蒿人"的风范……

荏苒光阴，毕业十年同学会、二十年同学会、三十年同学会，一个个谈发迹、谈发展、谈发福，诗全然不在话下。我偶尔被唤作诗人，被追忆，被清高，被不食人间烟火，支离破碎得如同角落里的玻璃碴子，泛不出些许的光亮。一位老兄好奇地问，还写诗呢？眼里尽是沧桑，及轻蔑。

没错，我还写诗。

尽管当年身边的发烧友们，或当了领导，或成了富贾，或成了挥手之间、绝尘而去的传说和传说中的各色人等，我依旧是我。没事的时候天马行空，殷勤地写诗。

诗有什么意义？……除了生存。还算我幸运吧？我没活在战国时期，不必像屈原那样问天；我没活在战乱年代，不必像闻一多那样喋血。当然，我也为自己抱憾，无法穿越回唐朝宋朝，像崔护那样咏叹"人面不知何处去，桃花依旧笑春风"，像陆游那样哀怨"东风恶，欢情薄，一怀愁绪，几年离索"。

我用心写诗，诗也反过来涤荡着我。往往是，写着写着，就触及灵魂了，就气壮山河了，就云飞天外了。这个情境下，忽然感觉到自己变成了另外一个人，那么寂静，那么清醒，那么干净，那么轻盈。如此说来，诗确实挺神的！

诗，不但神，而且圣。它是美学，也是哲学。它沉淀历史，也昭示未来。

金庸凭小说虚构了一个江湖，我借诗开辟了一个天地。

在我的天地里，花开了，我要写诗；叶落了，我要写诗；寒来了，我要写诗；暑去了，我要写诗。没办法，我一介文人，一腔情愫，不写诗干吗？没事干不是？

何况，我那么爱天空、日月、云朵和雷电，那么爱土地、山川、树木和风雨。我只有写诗，面对我热爱的自然与生命，我不可能无动于衷，我不可能无所作为。

至少，我还年轻，还想入非非，还自作多情。

从实招来，我太浪漫了甚至太单纯了，我过于迷恋普希金、裴多菲、莎士比亚，在他们的诗里我找到了温馨、忧郁、智慧、道义。我情愿用他们的诗消解我所有的烦与愁、沮丧与苦痛，融化我全部的爱与怜、得意与期冀。中国的当代诗作，我喜欢诸多经典，但我格外喜欢食指《这是四点零八分的北京》和海子《面朝大海，春暖花开》。遗憾的是，一个过早地疯了，一个过早地死了。这，就是诗人的命运吊诡吗？我不相信，我不信也不肯相信。

我一直在写诗，不离不弃。早年写诗，主要是给报刊给读者，顺便换些柴米油盐。现在呢，主要是为自己，写起来惬意，读起来舒服。日久天长，丢失了也不足惜，毕竟那感觉、那意象曾经汹涌于心海了！

记忆里一些奇异的光芒

关于《微生活——什物小品》

　　许多什物，在我这里待久了，渐渐增添了意义或者减少了意义。

　　有的留给自己了，有的送给别人了，抛开价值，主要是与情感相关吧？

　　还有些零七八碎的玩意儿跟过往的岁月一样不知道哪里去了。

　　好在我把它们一一记录下来，借助我目前比较擅长的文字形式。水到渠成吧，陆续地发表在读者还算认可的报刊上，与大家分享。

　　什物本身或许没什么的，甚至不值一提。只是缠绕过我，而我又偏偏多情善感，它们便经常性地在我的记忆里闪耀着一些奇异的光芒！

眼下是读图时代，我却担心读者一目了然。所以，我还是十分愿意更多的读者在我的这些想入非非的文字里纵横驰骋抑或恣意而为。

说我纯粹，我便纯粹，说我愚顽，我便愚顽。

文字是心情的产物

关于《看心情》

把文章拢在一处，挑挑拣拣，很忐忑。我心里清楚，不止出版一本选集那么简单。实际上，等于放高利贷，奢望读者锦上添花呢！

何况，选也选了，集也集了，够得上"锦"吗？

第一次，没有经验。

孩子在孕育中，名字轻轻地来，悄悄地去，没一个中意的。太看重孩子了，可以理解的是父母的心情。哦，心情？产期临近，索性"看心情"吧！

心情跟着天气转，晴晴雨雨，冷冷暖暖。不过，心情比天气复杂得多、变化得快，随风而来复随风而去。人受制于心情，此一时，彼一时。生、旦、净、末，一颗心跳动着，或此或彼，生发着片刻的得与失。断断续续，直到生命终结。

文字是心情的产物，心情是文字的土地、阳光和雨露。《看心情》全部来自于心情，无须讳言。然而，不同的是，这些从心情中跳脱出来的文字，已经不单单是心情的使者了。真的，心情以外，我把眼光更多地投放到缤纷的大千世界，我企望凭借那些值得一说的人物、事物、植物、动物，能够有再度的发现及再度的唤醒。是我心比天高吗？我多么愿意自己心比天高！

幸好，人的苦乐，都在心情里头。

比现实更慰藉的是想象，比想象更慰藉的是梦境，比梦境更慰藉的是文字。如此说来，我的文字里有什么呢？主要是——心情。

心掏空了，情独守落寞；心飞远了，情望断浮云。凡此种种，并非常态。更多的日子里，心情好，眼前好，天边好。信不信由你，片刻的一己之仁、一己之智，兴许长于一个人的寿命，光耀漫漫的岁月呢！

几十年写作，养成一癖，即习惯了自作聪明。外化到文字上，则体现出一种自以为是，见人说人话，见物说物话。在不在理，在不在趣，宁肯自圆其说。有心情的时候，我躲进妙不可言的清静里，思接苍茫天地，成就沾沾自喜的圣殿抑或豆棚瓜牍，直抵风华深处。好极了！不羡鸳鸯不羡仙！

其实，也没那么忘我。纸面上的事情，算不得什么。即便是字里乾坤，即便是壶中日月，且实且虚，虚虚实实，一场梦而已。今生今世，活不够，入梦境，文字成了我的同谋，总是不失时机地助力……我很沉醉了，也贪婪。经常性地从柴米油盐升华至日月星辰，也经常性地从日月星辰降落到柴米油盐。不看僧面看佛面，不看佛面看我面，由表及里。哪怕我自作多情，道一番人生滋味，由我及你。

终究意识到，弄文字进退两难，已经晚了。

天空有心情吗？请问风雨雷电；大地有心情吗？请问草木蚁蝶。如果你有缘《看心情》，不妨静下来，读个三篇五篇，切近此一时抑或彼一时的我？

许多事·许多话

关于《再发送一次》

绝对没有想到，我居然把自己的一部分短信装订成册！

最初，我只是比较沉醉于这种表达方式。写作时，脑海里是那个表达的对象，性情所致。若干时日再看，清亮亮的，如涧边溪流，很有些意趣，或曰意义。

便不肯它们白白地付诸东流。

即便是"最温柔的艺术"，也受手机的局限。呵呵，只能短，短到像格言，像警句，或许有启迪，或许有回味。其实，都没什么。重要的是情怀，一个男人的情怀。

必须得承认，我没经历过许多金钱，我不能说我对金钱无所谓；我没经历过许多美女，我不能说我对美女无所谓。

我在意金钱，也在意美女，但我更加在意自己的生存状态和生命意识，譬如读书、写作、思考与梦想。

有人称我为"短信高手"，甚至鼓动我去应聘，我不以为然。那种把"大众"想象成"情人"的短信，我写不来的，也没劲头。春风不识字，何必乱翻书？我的短信，只属于第一个阅读到它的哈姆雷特。当然，亦可意会，亦可言传。

可惜，我没能力做到字字珠玑抑或字字生香，无论我多么愿意！

后来的后来，我才发觉，短信在放纵了我的同时，也束缚了我。进一步讲，短信在收买了我的同时，也出卖了我——我的灵魂和语言。于是，戛然而止。

我说过的许多话，我做过的许多事，终究会被岁月风化。我不甘心，却束手无策，只有遗憾。爱我的人，曾经那么迷恋于我，一定怀抱着比我更深邃、更久远的记忆。

所以，就算我自作多情，再发送一次。

诗以外

关于《别一种心情》

很久以前，我曾经看过一幅蛋彩画，它出自美国当代著名写实主义画家安德鲁·怀斯的手笔，名叫《克里斯蒂娜的世界》。在画中，一位因患小儿麻痹症而丧失行动能力的少女，匍匐在山坡上，纤弱无力而又迫切地朝向山顶处的灰房子张望。她那粉红的衣裙与枯黄的草地构成一种凌艳悲凉的气氛，命运的冷漠和生之渴求，在其中形成了尖锐的冲突……我不是怀斯先生的崇拜者，对那位不幸的小姐也不敢存半分"怜香惜玉"的意思，更不晓得那灰色的房子何以成了她执着向往的一个世界。然而说来也怪，这画中的情景在后来的岁月中，竟始终令我不能忘怀。尤其是当我处于写诗的冲动，或曰处于别一种心绪的时候，它便一次又一次活生生地浮现在我的脑际。时至今日，我仍百思不得其解，克里斯蒂娜亦即那位匍匐小姐的世界，究竟同我的写诗有着怎样的必然的联系。

　　古代有位大德，称青原惟信。他说："老僧三十年前未参禅时，见山是山，见水是水；及至后来亲见知识，有个入处，见山不是山，见水不是水；而今得个休歇处，依前见山只是山，见水只是水。"这是老和尚对自家悟道境界的描绘。以我资质的愚钝，对其中所蕴含的禅理机趣，自然不敢说有什么参透。但我总觉这一席话对我理解诗、理解处于诗的世界（当然未必是克里斯蒂娜的世界）颇有"胜读十年书"的功效。当写诗的人见诗是诗，见世界是世界的时候，他把自己丢了，用句时下流行的话来说，叫作"自我失落"。当他见诗不是诗，见世界不是世界的时候，他找回了自己，却丢了诗和世界。只有当他达到将自己与诗与世界浑然一体的境界，他所见到的诗和世界方是真的诗和世界，或曰诗和世界的真。然则对于这一境界的把握，也许锐意刻求而不可得，所谓"踏破铁鞋无觅处"，但也许不辨不识便能自然中矩，所谓"得来全不费功夫"这情形一如神机的微妙。像我这样的凡夫俗子，诗倒尽管做开去，却未知何时才能"得个休歇处"哩。苏东坡有首七绝，正是在"休歇处"上做来。诗曰："庐山烟雨浙江潮，未到千般恨不消。到得还来别无事，庐山烟雨浙江潮。"只此四句，尽得三昧，东坡与惟信，真是一对好同志。

说到"休歇处"，此刻我眼前又呈现出怀斯先生的那幅画：粉红裙子和灰房子……

我突然发现，当初看到这幅画时，那克里斯蒂娜小姐就已然离灰房子不甚遥远了，至今居然还没能爬进那房子里去！问题很明了：当怀斯先生一拿起画笔的时候，那粉裙子便注定永远进入不了灰房子了。这一发现，使我黯然神伤且恍然有悟：当我们一经下笔作诗，那诗便离我们骤然而去，它就在我们面前，然而我们却永远到达不了它的真境。

那么，我这本《别一种心绪》，到底是不是诗呢？但无论如何，我敢断言，当读者——我亲爱的朋友们——您见它是诗的时候，我和您爽然两失；当您见它不是诗的时候，那是我把您给吃了；当您见它依然是诗的时候，那是您把我给吃了。您咀嚼一阵子之后，倘能赞一句虽不是十全大补，但亦不甚倒人胃口，我便会感激有加，踌躇满志地再接下去做那读者就是上帝一类的文章……

自供状

关于《无限春风》

当思想漫过额头，幻化为情感，我的文字或许成全了一种美意。

更多的美意，妙而不可言传！

自然山水和心灵山水，便是凡俗人生的寄居地。所谓自然，所谓心灵，一律被消遣着，唯时光逍遥。

"春风大雅能容物"，是肯定我的写作怀抱吗？"秋水文章不染尘"，是赞赏我的煮字精神吗？穿越薄雾淡云，贤达邓拓破空而来，绝尘而去。

人和事，都在觉悟、期待与奢望中了！

我喜欢文化，但不向文化撒娇；我喜欢历史，但不向历史献媚；我喜欢哲学，但不向哲学讨巧。

五分义理，五分趣味。

季节来去

关于《临近秋天》

我想，我一定年轻过！

同许许多多的年轻人一样，二十世纪八十年代初期及中期的我，几乎整天整天（甚至整夜整夜）地沐浴在诗歌的光辉里。毫无疑问，这使我活得圣洁、激昂、滋润而接近幸福……

当然是灵魂的那种接近。

那时，我对每一个汉字都想入非非。

在现实中，在梦幻里，我很不情愿使用固定词组表达或指绘。事实上，我更习惯单个汉字的重新组合，以期营造出意料之外的妙境。

《临近秋天》是我年轻的留痕。

拂去岁月尘埃，我还特意把这些旧日的情愫与思想（后加几首新作）公布于世，恐怕私心只有一个，那就是——我曾经年轻过，我曾经那么痴迷地想象与享受着蓝天、阳光、森林、草地、鸽哨与虫鸣，以及暖人的乡情、亲情、友情和爱情。

愿天下所有《临近秋天》的读者，从"年轻"的角度领会，而非"艺术"。

偶尔，我翻看自己这些旧诗，免不了长时间地沉醉在自己旧日的情愫之中。

每一首诗，差不多都能唤起我一个相对完整的记忆。我知道，这多半归结于自欺欺人的慰藉，养一个浮浪的我。时至今日，早已面目皆非了。

所幸的是：我毕竟年轻过！

谁没有年轻过

关于《不息的内流河》

我得老老实实向读者承认，在《不息的内流河》成集之后，我才发觉自己没有能力附上一份恰到好处的说明书。

应该说明的是，我在写这系列抒情散文诗章的时候，始始终终尊重着自己的情感和体验。这两者，叫我怎么诠释？

你、我、他生存在这个世上，所承受的是一样的阳光，一样的月光，一样的风和雨，一样的霜和雪。那么，为什么有人活得滞重，有人活得滋润？

我想到了人情。

这"情"自有冷暖之差，自有浓淡之别，所以就导致了生活中的你、我、他不同于人的希望与绝望、得意与失意、满足与缺憾、甜蜜与忧愁⋯⋯

我敢断言，谁的心里都有这样一条内流河不息地流淌着，不是吗？